theater book 014

モナリザの左目

高橋いさを

論創社

モナリザの左目◉目次

装幀　栗原裕孝

モナリザの左目

「加害者にたいする最高の復讐は、被害者が幸福になることだと、自分は思っています」

日垣隆著『そして殺人者は野に放たれる』より

【登場人物】

○佐野孝一郎（夫）

○めぐみ（妻）

○西沢卓也（前科者）

○西沢誠（卓也の弟）

○谷村（探偵）

○平田（弁護士）

○滝島（めぐみの兄／弁護士）

○声（検察官）

プロローグ

本作は現実の時間の流れる「弁護士事務所」と平田が回想する「さまざまな場面」が交互に登場する。

基本エリアに当たる舞台中央に簡単なテーブル。

そのテーブルを挟んで向かい合わせに置かれた椅子が二脚ある。

その基本エリアを囲むように一段低いところにもうひとつエリアがある。

そのエリアの上手と下手の舞台奥に椅子が二脚。

その椅子は、語り手である平田と聞き手である滝島しか使用しないこと。

＊

音楽――。

舞台中央のテーブルに一人の女が座っている。

女（めぐみ）は、果物ナイフで一心に林檎の皮を剝いている。

と、ゴーッと火が燃える音が聞こえる。

火の燃える音は次第に大きくなり、濛々《もうもう》とした煙が女の周囲を包み込み、周辺は真っ赤に染まる。

火の燃える音に混じって消防車のけたたましいサイレン。

人々の叫び声。

そんな喧騒のなかで静かに林檎を剝き続ける女。
と検察官（男）の起訴状朗読の声が聞こえる。

検察官　（声）「公訴事実。被告人は平成十二年二月十二日午後一時三十分頃、交際中の女性に別れ話を切り出されたことを恨みに持ち、女性の居住する東京都世田谷区上野毛《かみのげ》三丁目六番地にある〝メゾン杉山〟１０２号室にガソリン一リットルを撒いた後《あと》、持っていたライターで火を放ち、建造物を焼失させ、もって現に人が住居に使用する建造物を焼損し、また、同建造物に隣接する会社員・岸本幸治《きしもとこうじ》宅に飛び火した火災により、岸本宅を半ば燃焼させ、また事件当時、岸本さん宅内にいた幸治さんの長女・岸本栞《きしもとしおり》（当時五歳）を焼死させたものである。罪名及び罰条、現住建造物放火。刑法一〇八条。以上についてご審議をお願いいたします」――。

炎の音が遠ざかって女は闇に消える。

1～雨の夜の弁護人①

雨――。

二〇一一年五月のとある日の夜――午後九時くらい。

舞台に明かりが入ると、そこはとある弁護士事務所の一室。

都心の雑居ビルの六階にある応接用の小部屋である。

一人の男が椅子に座って分厚い資料を読んでいる。

スーツにネクタイ姿の弁護士の平田。

と出入り口から一人の男がやって来る。

同じくスーツにネクタイ姿の弁護士の滝島。

滝島は片手に傘を持っている。

滝島　遅くまで熱心だねえ。

平田　すいません、忙しい上にこんな夜に。お待ちしてました。

滝島　いやあ、タクシー掴まらなくて参ったよ。これ（傘）どこに？

平田　ああ――もらいます。

と濡れた傘を滝島からもらう平田。

平田　（傘を片付けながら）食事は？
滝島　済んだ。
平田　何か飲みますか。
滝島　ああ、そうだな。
平田　と言っても、秘書はもう帰しちゃったんで、ろくなお茶は淹《い》れられないですけど。
滝島　酒じゃないのかよ。
平田　すいません。
滝島　まあ、いいや。まずいお茶は飲みたくないしな。
平田　……判決、出ましたか。
滝島　何の？
平田　今日でしたよね――えーと傷害致死でしたっけ、錦糸町のホステスのアレ。
滝島　ああ、出たよ。
平田　執行猶予つきましたか。
滝島　残念ながら実刑喰らったよ。
平田　何年？
滝島　二年六ヶ月。
平田　そうですか。
滝島　あの裁判官、オレと相性、悪くてさ。
平田　松岡さんですよね。
滝島　そう。これであのオッサンの裁判じゃ三連敗だよ。

平田　そりゃご苦労様でした。ハハ。

滝島　アイツ、被告人が若い女だと厳しいんだよな。過去によっぽどひどい女に引っ掛かったことがあるんじゃねえか。ハハハハ。

平田　はあ。

滝島　いいのかよ。

平田　ハイ？

滝島　こんな遅くまで仕事して、奥さんにブーブー言われてんじゃないのか。

平田　いつものことですよ。

滝島　(見回して) 久し振りだな、ここ来るの。

平田　二ヶ月ぶりです。

滝島　そんなになるか。

平田　めぐみさん、連れて来た時以来ですから。

滝島　元気なの、ボスは？

平田　相変わらずです。

滝島、何かを探している。

平田　何かお探しですか。

滝島　いや、この前来た時、ここにパズルがなかったか？

平田　パズル？

滝島　ああ。ほら、何だっけ、お宅のボスがクリスマス・プレゼントでくれたとか言ってた。

平田　ああ——これですか。

とジグソー・パズルを机から出す平田。
そのパズルの絵は「モナリザの微笑」である。

滝島　（受け取り）これこれ。この間、ここで途中までやってたからちょっと気になってさ。ハハ。
平田　……。
滝島　あ、すまんすまん。それより、何だよ、急用って。
平田　はあ。
滝島　佐野の事件のことか。
平田　ええ。
滝島　何か問題でも。
平田　まあ。
滝島　もうすぐ公判だよな。
平田　来週です。
滝島　まさかアイツが否認に転じたなんてことじゃないよな。
平田　ちがいます。
滝島　ならあわてることないじゃないか。
平田　……。
滝島　担当検事は誰だっけ？

平田　荒木田さんです――今度、特捜に行く噂のある。
滝島　じゃあ、手強いな。
平田　ええ。
滝島　けど大丈夫だよ。うまくやりゃあ正当防衛で無罪、悪くても執行猶予がつく。
平田　……。
滝島　裁判員たちも佐野に同情してくれるさ、あんな野郎を殺しても――おっと今のは失言だったかな。ハハ。
平田　……滝島さん。
滝島　何だよ。
平田　佐野孝一郎は――滝島さんの義理の弟さんですよね。
滝島　そうだよ。
平田　佐野の奥さんは滝島さんの実の妹。
滝島　だから何だよ。
平田　本来なら滝島さんが弁護したい案件だったが、身内がらみの事件は私情が入るからわたしにこの件を担当させた。
滝島　そうだよ。
平田　……。
滝島　それがどうした？
平田　滝島さんはわたしの先輩です。けど、今日は弁護士としてじゃなくて、一人の友人として聞いてほしいんです。
滝島　何を。

平田　これからわたしが話すことを。
滝島　何だ、めぐみに惚れたとか言うんじゃないだろうな。ハハハハ。
平田　ふざけないでくださいッ。
滝島　……。
平田　もちろん、わたしがこれから言うことはあくまで推論です。証拠は何もない。だから、もし、わたしが言うことが真実だったとしても裁判じゃ対処の仕様のないことです。
滝島　ずいぶん鼻息が荒いんだな。
平田　茶化さないでちゃんと聞いてください。めぐみさんのお兄さんとして。
滝島　もったいぶらずに話せよ、早く。
平田　……。
滝島　何があったって言うんだ。
平田　正直言って迷ってます。
滝島　何を。
平田　このまま公判に臨んでいいのか、どうか。
滝島　なぜ？

平田は、数枚の手紙らしきものを滝島に差し出す。

滝島　（受け取り）これは？
平田　読んでもらえばわかります。
滝島　（目を通して）……密告状？

平田　そうです。差出人は不明。

滝島　……。

平田　この事件の弁護をわたしが受任してから合計三通。その手紙をもらわなかったら、わたしがこれから話すようなことを推理することもなかったと思います。

滝島　……。

平田　どうですか、わたしの話を聞く気になってきましたか。

滝島　どんな素敵な推理か知らんが、聞いてやるよ。

平田　ご存じの通り、わたしはあなたの紹介で傷害致死で起訴された被告人・佐野孝一郎の弁護を担当することになりました。

と平田の回想が始まる。
滝島は舞台の隅の椅子へ移動する。
そして、さまざまな場面をパズルをしながら見守る。

2～被告人・佐野孝一郎

佐野が拘置されている拘置所の接見室。
ドアがガチャと開いて出てくる佐野。
スウェットの上下を着た男。
佐野は書類を持っている。
二〇一一年二月——薄暗い室内。
と鞄を持った平田がやって来る。
二人の間には架空の仕切りがあるという体《てい》。

佐野　どうも、ご足労かけまして。お世話になります。
平田　はじめまして、弁護士の平田です。
佐野　佐野です。なにぶんよろしくお願いします。
平田　こちらこそ。

と所定の椅子に腰掛ける二人。

平田　——大丈夫そうだ。

佐野　ハイ？
平田　顔色、そんなに悪くはないみたいですから。
佐野　悪いもんなんですか、普通は？
平田　そんなことはありません。まあ、環境が急激に変わるんで、なかには体調を崩す人もいますけど。
佐野　からだは元々丈夫な方なんで。
平田　何よりです。
佐野　はあ。
平田　大変でしたね。
佐野　いろいろご迷惑を――。（と深く頭を下げる）
平田　そんな恐縮しないでください。
佐野　慣れないもんで、その、こういうことは――。
平田　そりゃそうです。けど、わたしたちはこれから裁判という戦場に向かう戦友みたいなもんです。そんなわたしたちに必要なのは何だかわかりますか。
佐野　さあ――強力な武器とか？
平田　信頼です。
佐野　なるほど。
平田　ですから、正直にあなたの身に起こったことを話してください。
佐野　……滝島さんのご紹介だと。
平田　そうです。滝島さんはわたしが元いた弁護士事務所の先輩なんです。今は独立されてますけど。

佐野　知ってます。
平田　ですからどうぞご安心を。手抜きは一切。ハハ。
佐野　はあ。
平田　会いましたか、滝島さんに？
佐野　ここ来る前に警察で——何度か、面会に来てくれて。
平田　そうですか。じゃ時間もないんで用件を。わたしが質問しますから答えていただけますか。
佐野　ハイ。

平田、鞄から書類を出す。

平田　供述調書、ありますか。
佐野　えーと。（と自分の書類を探す）
平田　あなたが警察でしゃべったことをまとめた——あ、それです。署名・捺印しましたよね、それに。
佐野　ハイ。
平田　やってもないことを無理やり言わされたりしてないですか。
佐野　してません。
平田　覚えてますか、取り調べをした刑事のこと？
佐野　ハイ。
平田　乱暴されたとかそういうことは？
佐野　ありません。とても親切な方でした。

平田　じゃあここに記載されていることは認めるんですね。

佐野　認めます。

平田　何度も聞かされてうんざりでしょうが、肝心なところなのでもう一度読みます。訂正するところがあるなら言ってください、どんな些細なことでも。

佐野　ハイ。

平田　（書類を読む）「わたしは平成二十三年二月十二日の午後五時三十分頃、東京都多摩市桜ヶ丘のアパート〝平和荘〟12号室に住む西沢卓也を訪ねました。西沢は今年の一月の初めに市内の飲み屋で知り合った知人です。その後、西沢を妻のめぐみに紹介して親しくしていたところ、西沢は妻に邪《よこしま》な思いを抱くようになり、妻の働く洋品店で待ち伏せするなどのストーカーじみた行為をするようになりました。西沢の度重なるストーカー行為によってじょじょに精神的に不安定になった妻を見るにつけ、わたしは西沢にそのような行為は止めてほしいと談判するために西沢のアパートを訪ねました。西沢はすでに飲んでいたのか酔っているようでした。西沢は最初のうちは黙って話を聞いていましたが、わたしが強い口調で〝今後、妻との交際を一切断る！〟と断言して部屋から出て行こうとすると、西沢はドアの前でわたしに追いすがり、〝そんなことはできない〟と言いました。わたしたちは押し問答の末、揉み合いになりました。わたしが西沢を振り切って部屋から出て行こうとすると、西沢は台所にあった果物ナイフを手に取り、〝お前が邪魔なんだよッ〟と叫んでわたしに襲いかかってきました。わたしは咄嗟に西沢の攻撃をかわし、ナイフを持った方の手を両手で摑み、再び揉み合いになりました。わたしは強い身の危険を感じて、力いっぱいに西沢に抵抗しました。前後のことはよく覚えていませんが、気付くと西沢は胸から血を流して蹲《うずくま》っていました。ふと見るとわたしの手にナイフがありました。その姿を

佐野　見たわたしは怖くなり、ナイフをその場に投げ捨てて急いでアパートを後にして自宅へ帰り、その日は眠れぬ夜を過ごしました。その翌日の二月十三日、西沢が死亡したとの事実を新聞の朝刊の記事を通して知るに及んで、妻のめぐみと相談の上、翌日の二月十四日の朝に警視庁多摩警察署に出頭して自分の犯行を告白しました」

平田　（聞いて）……。

佐野　どうですか。間違いはありませんか？

平田　ありません。

佐野　……。

平田　咄嗟のこととは言え、本当に申し訳ないことをしてしまったと。

佐野　ひとつふたつ質問させてください。

平田　ハイ。

佐野　西沢と出会ったのは「市内の飲み屋」とありますが、これは？

平田　すずらん商店街の「山ちゃん」っていう焼き鳥屋です。

佐野　飲んでいて意気投合したってわけですか。

平田　まあ、そうです。

佐野　趣味が同じとかそういうことですか。

平田　いいえ。

佐野　じゃあどういう――？

平田　何て言うか二人とも一人で飲んでたもんで。店じゃ世間話しただけです。けど、わたしが携帯電話を忘れてしまって、店に。それを届けてくれたんです、あの男が。

佐野　いつですか。

佐野　翌日の昼です。
平田　どこに届けてくれたんですか。
佐野　わたしの会社に。
平田　それをきっかけにして付き合いが始まった。
佐野　そうです。
平田　どんな付き合いですか。
佐野　その後、時々「山ちゃん」で酒を。待ち合わせたわけじゃないですけど、常連みたいで。
平田　他には？
佐野　独身ということだったので家に呼びました、しばらく家庭料理を食べたことがないって言ってたんで。

平田　そこで奥さんのめぐみさんと会った。
佐野　ええ。
平田　奥さんは専業主婦ですか。
佐野　昼間は知り合いの洋品店で働いてます。
平田　お子さんはいない？
佐野　ええ。
平田　結婚されてどのくらいですか。
佐野　もうすぐ一年です。
平田　奥さんとはどこで知り合ったんですか。
佐野　会社の客としてです。部屋を探していて、それをわたしが案内したのをきっかけに。
平田　不動産会社の？

佐野　ハイ。それでデートするようになって去年の春に籍を入れました。
平田　……なるほど。（と書く）
佐野　あの、平田さんでいいですか。
平田　ええ。
佐野　わたしの罪はどのくらいになるんでしょうか。
平田　さあ、断定的なことはまだ何も。
佐野　長く刑務所に入ることになりますか。
平田　それもまだ。けど、裁判であなたの供述通りに事実が認定されれば、情状酌量の余地は十分にあります。正当防衛で無罪ということもあります。万が一懲役になっても執行猶予で釈放される可能性は高いか、と。
佐野　そうですか。
平田　……。
佐野　いや、こんなこと言うとアレですけど、わたしが働けなくなると、女房が心配で。
平田　大丈夫です。まだ若いんです。やり直しは十分できますよ。
佐野　そう言ってもらえると（うれしい）——。
平田　愛してるんですね、奥さんを。うらやましい限りです。
佐野　大丈夫ですか、あいつ？
平田　ハイ？
佐野　めぐみです。
平田　さすがにショックは受けておられるみたいですけど。
佐野　取り乱したりしてませんか。

平田　大丈夫です。しっかり現実を受け止めてます。
佐野　そうですか。
平田　可愛いらしい奥さんですね。
佐野　……平田さんは独身ですか。
平田　いえ、結婚してます。けど、佐野さんの奥さんと違って口やかましくて参りますけど。ハハ。
佐野　はあ。
平田　ところで、すでに滝島さんからもお聞きになってると思いますが、確認の意味でもう一度言いますが。
佐野　ハイ。
平田　傷害致死罪と殺人罪は違うものです。傷害致死罪というのは、殺すつもりはなかったけれど、相手に暴行を加えて結果として殺害してしまった場合。殺人罪は殺意を持って相手に暴行を加え死に至らしめた場合に問われる罪です。
佐野　(うなずく)
平田　ですから、ここはとても肝心な点なんですが。
佐野　ハイ。
平田　あなたは殺意を持って被害者を刺したわけじゃないんですよね。
佐野　違います、咄嗟にあの男を振り払おうとしてああいう結果に。
平田　わかりました。

と書類を片付ける平田。

平田　また伺うと思いますが、今日はこのへんで。何か言っておきたいことはありますか。
佐野　いえ——。
平田　では、気落ちしないで頑張りましょう。あなたばかりが悪いってわけじゃないんですから。
佐野　ありがとうございます。
平田　じゃあ、わたしはこれで。（と立ち上がる）
佐野　あの、すいません。
平田　ハイ。
佐野　死んだアイツに家族とかは？
平田　御両親はもう亡くなってるとのことです。
佐野　弟さんは？
平田　弟がいるんですか。
佐野　そうあの男が言ってましたから。
平田　調べときます。
佐野　よろしくお願いします。

と壁のブザーを押す平田。
扉の開く音。
佐野、一礼して接見室から去る。

平田　「そんなに大した事件じゃない」——わたしは最初はそう思いました。東京郊外の田舎町で若い人妻の色気に惑わされた一人の男が、ストーカー行為の果てにその夫と口論になり、運悪く誤って殺された――ただそれだけの事件だと。死んだ男には申し訳ないけれど、男に非があったのも事実。被告人も過失を深く反省している様子。なら、さっさと被告人を釈放して終わってほしい――そう思っていました。けれど、そんなわたしの元に第一の手紙が届いたんです。そこにはこう書かれていました。

と手紙を取り出す平田。

平田　「これは殺人だ。殺された男の過去を当たれ」と。

平田は舞台から去る。
それに続いて滝島も去る。

3〜西沢の出所

電車の通過音。
と舞台前方に誠が出てくる。
工場の作業着を着た若い男。
電車の線路脇の空き地。二〇一〇年二月。

誠　いいよ、こっち来いよ。

とそこへ一人の男が現れる。
白髪の目立つ三十代後半の男——西沢卓也。
西沢はバッグを持っている。

誠　いつ出たの?
西沢　一週間前だ。
誠　どこにいるの、今。
西沢　保護施設だよ、オレみたいなヤツらがいる。
誠　そうか。

23　モナリザの左目

西沢　悪かったな、いきなり。けどアパートに行くとアレだと思ったから。
誠　そんなことねえけど。
西沢　元気か。
誠　一応な。そっちは？
西沢　見ての通りだよ。ずいぶん老けたろう？
誠　……悪かったな。
西沢　何が。
誠　面会も行かずに。
西沢　ほんとだよ。薄情にもほどがあるぜ。
誠　……。
西沢　そんな顔するな。冗談だよ。
誠　……。
西沢　ハハハハ。びっくりしたぜ。
誠　何が。
西沢　お前がでっかくなっててよ。オレが刑務所《むしょ》に喰らい込んだ時はまだこんな（小さい）だったのに。
誠　……。
西沢　まったく十年の月日はすげえもんだ。……ちょっと座っていいか。
誠　いいけど、具合悪いのか。
西沢　そういうわけじゃねえけど。

としゃがみ込む西沢。

西沢　ここ来るのに電車に乗ったんだよ。
誠　それが何だよ。
西沢　結構クラクラしちまうんだよ、久し振りにああいうのに乗ると。
誠　……。
西沢　まったく町中《まちなか》歩くのにも一苦労だよ。とんだ浦島太郎だぜ。ハハハハ。

遠くで電車の通過音。

誠　知らせなかったけど。
西沢　うん？
誠　お袋は死んだよ。
西沢　……いつだ。
誠　二年前――病気で。
西沢　そうか。
誠　何度も手紙に書こうか書くまいか迷ったけど――。
西沢　いいよ。かえって知らなくてよかったよ。お袋も死ぬ時にオレの顔なんか見たくなかっただろうからな。
誠　……。
西沢　何か言ってたか、オレのこと。

誠　いいや。
西沢　そうか。……で、何の用だよ。
誠　……。
西沢　悪いけど、金の無心《むしん》ならあきらめてくれ。見てわかる通り、こんな仕事だ。あんたに出す金なんて少しもねえよ。
西沢　……ハハハハ。
誠　何だよ。
西沢　「何の用だよ」だと？　ハハハハ。用がなきゃ会いにきてもいけねえとでも言うのかよ。
誠　別にそういうわけじゃ——。
西沢　ざけんじゃねえッ。

とバッグを地面に叩きつける西沢。

西沢　餓鬼の頃、さんざん面倒見てもらった兄貴が、長えお務め終えて出てきたのに何だ、その言い草は！　「ご苦労様でした」の一言も言えねえのか！
誠　……。
西沢　何だ、何か文句でもあんのかッ。
誠　よく言うぜ。
西沢　何だ、もう一度言ってみろッ。
誠　ああ、何度でも言ってやるよッ。あんたにそんなこと言う権利ねえよッ。

西沢　何だと？
誠　あんな事件起こして人に迷惑かけて、いきなり現れていったい何だって言うんだッ。
西沢　……。
誠　あんたのおかげでオレがどれだけ苦労したのかわかってんのかよッ。何が「ご苦労様でした」だッ。笑わせるんじゃねえよッ。そっちこそオレに言うことがあるんじゃねえのかよッ。

電車の通過音。

西沢　すまん。
誠　……。
西沢　ハハハハ。久し振りにこっちに出てきて、いろいろ驚くことが多くてな。
誠　……。
西沢　不安が高じて苛立ってばかりだ。
誠　……。
西沢　さっき、そこで道聞かれたんだ、若い女に――「こっちが駅ですか」って。
誠　……。
西沢　「そうです」――たったそれだけのことなのに何も言えずにアワアワしちまったよ。ハハ。
誠　……。
西沢　いろいろすまなかった。許してくれ。

と頭を下げる西沢。

西沢　それを言うためにここに来たんだ。

誠　……。

西沢　怒鳴って悪かった。けど、お前にはもう迷惑はかけねえよ。

誠　……。

西沢　邪魔したな。元気で暮らせよ。

と座り込んでしまう西沢。

西沢　行けよ。オレはちょっとここで休んでくから。

誠　……。

西沢　何してる。用は終わりだ。仕事の邪魔したな。

誠　……。

西沢　何そんなとこで突っ立ってる?

誠　これからどうするつもりだよ。

西沢　さあな。

誠　さあなって――。

西沢　ま、オレみたいなヤツでもやらせてもらえる仕事探して何とかやってくよ。

誠　金はあるのか。

西沢　ハハハハ。あるわけねえだろ。

誠　……。
西沢　心配すんな。昔みたいな無茶はしねえよ。
誠　もう一度来いよ。
西沢　何？
誠　仕事、六時には終えるから、後で。
西沢　……。
誠　何キョトンとしてんだよ。あんたに散々迷惑かけられた弟が出所祝いしてやるって言ってんだよ。だから言う通りにしろ。いいな。
西沢　……。
誠　いいなッ。
西沢　ああ。

誠、その場を走り去る。
と電車が通過する音。

西沢　（それを見送って）……。

西沢、その場を去る。

4～谷村の調査

とコートを着た男――探偵の谷村が舞台前方に出てくる。
そこへ鞄を持った平田がやって来る。
続いてパズルを持ったままの滝島。
東京地方裁判所近くの路上――二〇一一年三月。
車の行き交う音。

谷村　平田さんッ。
平田　おお、わざわざこんなところまで悪かったな。
谷村　お忙しいようで、結構じゃないですか。
平田　死にそうだよ、いくつも事件抱えて。午後からひとつ裁判があってな。
谷村　商売繁盛。羨ましい限り。で、今日は何の裁判ですか。
平田　覚せい剤、被告人は中国人。
谷村　ふーん。大変ですね。
平田　全然そう思ってないのによくそういうこと言うな。
谷村　お薦めの法廷ないですか。
平田　お薦め？

谷村　今日は夕方まで暇なんで面白そうなのあったら教えてくださいよ。
平田　面白そうなのねえ。
谷村　目を見張るいい女が被害者の強姦《ごうかん》事件みたいなの。
平田　見たいなら自分で探せ。十年に一度くらいはそういう事件もある。
谷村　そんな暇ないですよ、オレ。そんなちょくちょく裁判所に来るわけじゃないんだから。
平田　そんなことより、どうだ。何かわかったか。
谷村　わかってなきゃこんなとこまでのこのこ来ないですよ。

と鞄から報告書を出し、平田に渡す谷村。

平田　（見て）……。
谷村　苦労しましたよ、結構。
平田　現住《げんじゅう》建造物放火――。
谷村　ええ、そいつ十一年前にパクられて刑務所に行ってますね。
平田　何年？
谷村　十年です。
平田　どういう事件だ？
谷村　女に別れ話を切り出されてカッとなって女のアパートに火つけたんですよ。
平田　……。
谷村　女とアパートの住人は難を逃れたみたいだけど、一人犠牲者が。
平田　誰だ。

谷村　アパートの隣の民家に火が燃え移って、そこで留守番してた子供が。
平田　子供――。
谷村　五歳の女の子です。名前はえーと（と手帳を見て）岸本栞《きしもとしおり》ちゃん。
平田　……。
谷村　事件が起こったのは今から十一年前の二〇〇〇年二月十二日。ひでえ事件ですよ。
平田　……。
谷村　犯行当時その男は二十八歳。定職も持たずふらふらした生活をしていたようですね。一時は風俗店の雇われ店長のようなこともやっていたようですが、長続きせず、夜の町で知り合ったよからぬ仲間とツルんで覚せい剤の売買に手を染めてたこともあるようです。一度、覚せい剤取締法違反で逮捕され起訴されましたが、執行猶予がついて釈放。父親はすでになく、母親は弟任せの状態だったようです。
平田　……。
谷村　ま、それだけならただの馬鹿野郎ってことですけど。
平田　けど何だ。
谷村　短いと思いませんか、刑期――子供殺して十年は。
平田　確かに――。
谷村　ここ――。

と報告書のある部分を示す谷村。

平田　心神耗弱《しんしんこうじゃく》――。

谷村　そうです。あの馬鹿げた刑法第三十九条が認められたんですよ。

平田　……。

谷村　そいつ、火つける前に大量に酒飲んでたみたいで。

平田　……。

谷村　検察側の求刑は無期だったんですけど、弁護側が精神鑑定やらせて。

平田　……。

谷村　どこをどう鑑定したのかはわかんないですけど、裁判所はその鑑定を採用して、飲酒による異常酩酊《めいてい》を認め、減刑されたんです。

平田　……。

谷村　検察側は控訴。しかし、高裁は一審を支持したんです。

平田　……。

谷村　で、服役。塀の中でそいつがどんなだったかはさすがにわかりませんけど、去年の二月に出所。

平田　……。

谷村　出所後は保護施設と弟の助けもあり、交通整理の仕事をして働いていたようです。勤務状況は良好。無遅刻、無欠勤で同僚の評判もいいです。

平田　弟の名前は？

谷村　えーと（と手帳を見て）西沢誠。

平田　弟にもう会ったか？

谷村　まだ。

平田　じゃあ、そっちも当たってくれ。

谷村　簡単に言いますね。こう見えてオレそんな安くないんですからね。
平田　女紹介してやったろ、この前、わざわざあんたのために合コンして。
谷村　そりゃ感謝してますけどね。
平田　うまくいってんだろ、あの女検事と。
谷村　残念ながら――。
平田　フラれたのか、もう！
谷村　大きな声出さないでくださいよ、こんなとこでッ。誰が聞いてるかわかんないんだから。
平田　……。
谷村　だから、この件、片付いたら、またお願いしますよ。
平田　懲りないね、あんたも。一般人と恋をしろよ、そんな検事とか弁護士とかじゃなくて。
谷村　わかってないなあ。
平田　何だよ。
谷村　女を全面に出した女にトキめくのは若いうちですよ。女はやっぱりしなやかなその肉体を紺色のスーツに隠した法廷の女に限る。

平田　谷村さん。
谷村　何ですか。
平田　あんたMだろ。
谷村　わかりますか。
平田　ああ、よくわかる。いじめられたいんだよな、きっと、怖ーい女の検事さんとかに。
谷村　その通りです。
平田　……考えとくよ。

谷村　ありがとうございますッ。
平田　じゃあ、弟の方、よろしく頼むよ。
谷村　……。
平田　何だよ。
谷村　あの、一人、合コンに是非連れてきてほしい女がいるんですけど。
平田　誰だよ。
谷村　坂本百合子《ゆりこ》検事、知ってますか。
平田　知ってるよ。修習時代の同期だもん。
谷村　この間、法廷で男の被告人に「あんた、それでも男なの！」ってキレたらしいじゃないですか。
平田　よく知ってるな。
谷村　是非、彼女を。
平田　あーわかったわかったッ。
谷村　よろしくお願いしますッ。

と谷村はその場を去る。

平田　以上がわたしの雇った探偵が調査した西沢卓也の過去です。そんな西沢が出所してから一年余り――。今年二〇一一年一月、佐野孝一郎はこの男と出会います。

平田は、舞台隅の椅子に座って、滝島とともに次の場面を見る。

5～出会い

佐野の川辺にあるマンションの一室。
一人の女が椅子を一脚、持って出てくる。
三十代半ばの女――佐野の妻のめぐみ。
二〇一一年一月の夜。事件の起こる一ヶ月前。
と奥で佐野と西沢のやり取りが聞こえる。

佐野（声）ささ、どうぞどうぞ。汚いトコですけど。
西沢（声）ほんとにアレなんで。
佐野（声）いいじゃないですか。
西沢（声）いや、そんなにしてもらうと悪いですよ、ほんとに。
佐野（声）そんなこと言わないで。いいから、ほら。

と佐野に引っ張られて西沢がやって来る。

佐野　ここまで来て帰るって言うんだよ。どうぞ、座ってください。
西沢　はあ。

めぐみ、西沢と対面する。

佐野　女房のめぐみです。
西沢　どうも、西沢です。今晩は。
めぐみ　(会釈して) はじめまして。めぐみです。さ、どうぞ。座ってください。
西沢　すいません。

西沢、椅子に座る。

めぐみ　……。
佐野　何してるんだよ、ビール、ビール。
めぐみ　あ――ごめんなさい。

とその場を去るめぐみ。

佐野　可愛いでしょ。
西沢　はあ。
佐野　期待してください。ああ見えて料理は抜群に美味いんですよ。ハハハハ。
西沢　新婚なんですよね、まだ?
佐野　ええ、去年の春に。

西沢　いいなあ。
佐野　いないって言いましたよね。
西沢　ハイ？
佐野　彼女。
西沢　ええ。
佐野　なんで？　興味ありませんか、女に。
西沢　そんなことないですよ。
佐野　あ、わかったッ。昔、ひどい目にあったんでしょッ。
西沢　……その通りです。ハハハハ。
佐野　ハハハハ。

とめぐみが盆に載ったビールとコップを持って出てくる。
そして、コップを配ってビールを注ぐ。

佐野　いないんだってさ。
めぐみ　え？
佐野　彼女。誰かお前の知り合いでいい人いないかな。
西沢　やめてくださいよ。
めぐみ　今日はお休みなんですか、お仕事。
西沢　ええ──まあ。
めぐみ　大変ですよね、交通整理の仕事も。

佐野　わかって言ってるか、お前。
めぐみ　あんまり――。
西沢　わかってる人の方が少ないと思いますよ。
佐野　それもそうか。ハハハハ。
西沢　ハハハハ。いいところですね、川が近くて。
佐野　夏の花火は見物ですよ、川向こうの公園からドーンと。
西沢　へえ。
佐野　じゃ先日のお礼を改めて。乾杯ッ。
西沢　いただきます。
めぐみ　……。
佐野　（めぐみに）何だよ、どうかしたか。
めぐみ　いいえ。……乾杯。

西沢、少し飲む。

佐野　あれ、飲めるんですよね。
西沢　ええ、まあ。
佐野　じゃあぐーっとやってくださいよ。
西沢　はあ。（と飲む）
佐野　あれ、ツマミがないな。
めぐみ　あ、ごめんなさい。

佐野　いいよ、オレが取ってくる。

とその場を去る佐野。
舞台に残るめぐみと西沢。

めぐみ　（見て）……。
西沢　……？

と佐野がツマミ（柿ピー）を持って戻ってくる。

佐野　どうぞ、座ってください。

椅子に座る人々。

佐野　いやあ、ほんとに助かりましたよ。この時代、携帯なくすと仕事にも差し障りがありますから。
西沢　そうなんですか。
佐野　そうなんですかって——お持ちじゃない？
西沢　あれば便利だなと思いますけど。持っててもかける相手いませんから。
佐野　寂しいこと言わないでくださいよ。しかし、珍しい人だな、今時。
西沢　はあ。

佐野　ま、どっちにせよすいません。この前はちょっと調子に乗って飲み過ぎました。
西沢　いや、めでたいことがあったんだから。
佐野　それにしても、迷惑かけてほんとすいません。
西沢　言いそびれましたけど、おめでとうございます。
めぐみ　ハイ？
西沢　いや、そのオメデタだそうで。
めぐみ　ああ――。
佐野　この前の金曜日にわかったんですよ。で、あの日も一人で祝杯挙げてたんです。こいつはほとんど飲めないもんで。
西沢　なるほど。
めぐみ　お住まいはどちらですか。
佐野　南町《みなみまち》のアパートだよ、平和荘。あそこは築二十五年ってトコですかね。
西沢　ええ。
佐野　いい物件をお探しならご紹介しますよ。
西沢　ありがとうございます。
めぐみ　この町に来てそんなに長くないって聞きましたけど。
西沢　ええ。
めぐみ　それまではどちらに？
西沢　まあ――いろいろと。
めぐみ　……。
佐野　千葉って言いませんでしたっけ？

西沢　ええ――。
佐野　弟さんがこっちにいるから来たんだってさ。
めぐみ　……弟さんは何を。
西沢　車の整備工です、北町《きたまち》にある。
佐野　お前の働いてる店の近くじゃないか。
西沢　そうなんですか。
めぐみ　ええ――よく知ってます。
西沢　そりゃ奇遇ですね。（と飲む）
佐野　おせっかいと思われるのも嫌ですけど、わたしも独り暮らしが長かったんで、あなたみたいな人見ると、どうしてもいろいろしてあげたくなっちゃうんですよ。
西沢　しかし、いいですね。
佐野　何がですか。
西沢　いや、なんて言うか温かい家庭があって。
佐野　まあ。
西沢　奥さん、美人だし、もうすぐパパでしょ。最高ですよね。
佐野　そんなことないですよ。こいつも人前だと猫かぶってお淑やかに見えますけど、締めるとこはちゃんと締められてます、わたしも。ハハハハハ。
西沢　ハハハハ。
めぐみ　お腹空いたでしょ。
西沢　ええ――まあ。
めぐみ　じゃあ、あっちで。

佐野　そうだな。奥様が腕によりをかけて作ったとびきりの家庭料理をご馳走しますよ。
西沢　ありがとうございます。
めぐみ　今すぐ――。

と行こうとして立ち止まるめぐみ。

めぐみ　……。

とその場を去るめぐみ。

佐野　あいつ、ああ見えて二度目なんですよ。
西沢　何がですか。
佐野　結婚ですよ。
西沢　へえ。
佐野　若い時に一度、アレしたみたいですけど、うまくいかなかったらしくて。
西沢　そうですか。
佐野　西沢さんは寂しくないですか。
西沢　え？
佐野　お一人で。
西沢　まあ。
佐野　今度、うちの店の若い子でも連れてきましょうか。

西沢　いいですよ。
佐野　だってつまらないじゃないですか、独り暮らしで、仕事とアパートの往復ばっかりじゃ。
西沢　まあ、余計なお世話かもしれませんけど。ハハハハ。
佐野　……。
西沢　――あ、テレビ新しいの買ったんです。向こうで見ましょうよッ。
佐野　はあ。
西沢　さ、どうぞ。こっちです。

と西沢を促してその場を去る佐野。
とそれを見ていた平田が出てくる。

平田　この場面は佐野孝一郎から聞いた話を元にしたものです。佐野さんは西沢に好感を持っていたようです。

佐野が戻ってくる。
そして、テーブルの上のビールなどを片付ける。

平田　ご存じだとは思いますが、佐野孝一郎は市内に自分の不動産会社を経営していて、客にアパートやマンションの斡旋をしています。アルバイトの女の子がいる程度の零細企業で、同僚や親しい友人はいません。佐野さんの出身地は福島です。元々は地元で働いていましたが、両親と死別して単身東京に来たのが三年前。だから、西沢との付き合いもそういう佐野の孤独な環境が影響しているのかもしれません。しかし、犯行に及んだ今年二月の時点でも、佐野は「西沢の過去を知らなかった」と供述しています。どちらにせよ、「もしそのことを知っていたら、わたしは西沢と親しくすることも、妻のめぐみを紹介することも絶対になかった」と。

佐野は隣室へ去る。
それを舞台の隅で聞いている滝島。

6〜妻のめぐみ

舞台前方にめぐみが出てくる。
佐野のマンション近くの川辺の道。
事件後の二〇一一年二月の午後。
と平田がそこへやって来る。

平田　大丈夫ですか。
めぐみ　すいません、勝手言って。よくなりました、風に当たったら。
平田　そりゃよかった。何か飲み物でも？
めぐみ　平気です。気を遣わないでください。
平田　お医者さんには行ったんですか。
めぐみ　ええ。
平田　まあ、旦那さんがあんなことになって気苦労も多いでしょうからね。とにかく大事にしてください。
めぐみ　ありがとう。
平田　もし、気分がすぐれないなら別の日にまた出直しますけど。
めぐみ　いいえ、大丈夫です。そんな何度も来てもらうの申し訳ないわ。

平田　はあ。
めぐみ　どうぞ、続きを。
平田　じゃあ、お聞きします。

と鞄から資料を出す平田。

平田　旦那さんは、えーと（と書類を見て）「西沢は妻に邪《よこしま》な思いを抱くようになり、妻の働く洋品店で待ち伏せをするなどのストーカーじみた行為をするようになりました」と言ってるんですが、これは事実ですか。
めぐみ　……ええ。
平田　もう少し詳しく教えてください。
めぐみ　あの後、しばらくしてから電話がかかってくるようになったんです、自宅に。
平田　西沢から？
めぐみ　ええ。番号は主人が教えてましたから。
平田　なるほど。
めぐみ　で、何度も「会ってほしい」と。
平田　ほう。
めぐみ　あたし「もう電話かけるのはやめてください」って何度もお願いしました。
平田　どのくらいですか。
めぐみ　毎日です。最終的には相手があいつだとわかると、何も言わずに切ることにしました。
平田　それで？

めぐみ　そんな時です。あたしのパートしてる洋品店にあいつが現れたのは。
平田　北町の洋品店「セシル」ですよね。
めぐみ　ええ。あたしの仕事は朝から夕方五時までです。
平田　ハイ。
めぐみ　先月の今ごろだったと思います。仕事を終えて帰ろうとすると声をかけられました。駐車場で、お店の横の。
平田　で、どんな用件だったんですか。
めぐみ　「話がしたい」ということでした。
平田　それで？
めぐみ　いくら主人の知り合いでも、二人で会うのはイヤだったので断りました。それで、怖くなって逃げました。
平田　西沢はどういうつもりでそんなことをしたんだと思いますか。
めぐみ　……わかりません。
平田　ちょっと言いにくいですけど、西沢はめぐみさんに「女として好きだから性的な意味で付き合ってほしい」というような感じで近付いてきたんだと思いますか。
めぐみ　何とも。けど——そうとしか。
平田　……。
めぐみ　そんなことがあって、あたし、主人に相談しました。
平田　どのように？
めぐみ　「怖いから何とかしてほしい」って。
平田　それで御主人は西沢に会いに彼のアパートへ行った、と？

めぐみ　ハイ。
平田　めぐみさんが西沢にストーカー的な被害を受けていることを証明してくれる人はいませんか。例えば、洋品店の同僚とか。
めぐみ　店長が見てます、あたしたちが言い争ってるのを。中村さんです。
平田　……別の質問を。二月十二日、事件の日のことを教えてください。その日の午後五時半頃、めぐみさんはどこにいましたか。
めぐみ　一人で自宅に。
平田　御主人が西沢のアパートを訪ねたことは知ってたんですか。
めぐみ　いいえ。
平田　それで？
めぐみ　午後七時頃、あの人は帰宅しました。それで――。
平田　それで――？
めぐみ　あの人は言いました――「あの男と話はつけてきた」と。
平田　どんな様子でしたか。
めぐみ　少し興奮してる感じでした。
平田　他に何か感じたことはありますか。
めぐみ　あたしが「どんな風に？」と聞いてもまともに答えてはくれませんでした。ただ「こんなことになって、いろいろすまかった」と。
平田　……。
めぐみ　その日は食事も普通にしてそのまま寝ました。主人は眠れなかったみたいです。次の日の朝、目を真っ赤にした主人が新聞をあたしの前に。そこに西沢がアパートで殺された記事

平田　が小さく出てました。
めぐみ　そして「自分がやった」と？
平田　（うなずく）
めぐみ　それで？
平田　あたし、びっくりして――けど、やってしまったことは仕方ない。主人は「警察に行って
　すべてを話す」と言ってあたしを置いて次の日、部屋を出ました。
めぐみ　ご主人が警察に出頭したのは翌日の午前九時半で間違いないですか。
平田　ハイ。そのくらいの時間だったと。
めぐみ　出頭するまでの間は何を。
平田　……今後、どうすべきかを。
めぐみ　警察でも同じことを言いましたね。
平田　ハイ。
めぐみ　ありがとう。疲れたでしょう。寒いから部屋に戻りましょう。

と行こうとする平田。

めぐみ　平田さん。
平田　ハイ。
めぐみ　あの人――主人はどうなるんですか。
平田　大丈夫です。そりゃ人をアレしたのはいけないことですけど、御主人にも十分情状酌量の
　余地はあるわけですし。

めぐみ　……。
平田　心配されるお気持ちはよーくわかりますが、前向きに考えてください。
めぐみ　（うなずく）
平田　きれいなトコですね、川があって。
めぐみ　散歩道なんです、ここ、あたしと主人の。
平田　へえ。
めぐみ　さっきおっしゃいましたよね、部屋で。
平田　ハイ？
めぐみ　死んだあの男のこと。
平田　西沢が何か。
めぐみ　前科があるって――。
平田　ええ。
めぐみ　何ですか、前科って？
平田　放火です。それで裁かれて十年、刑務所に。
めぐみ　……そうですか。
平田　こう言うとアレですけど、ご主人はとんでもないヤツを家に連れてきてしまったってわけです。ハハ。
めぐみ　……。
平田　どうかしましたか？
めぐみ　いいえ。そう思います――ほんとに。

とめぐみはその場を去る。

平田　以上が佐野の妻であるめぐみさんの証言です。佐野の供述内容と基本的に矛盾はありません。念のために洋品店「セシル」の店長に裏を取りましたが、西沢が店の近くの駐車場でめぐみさんにつしこく言い寄っていたらしい場面を目撃しています。佐野、めぐみさんの証言を考慮すると、西沢がストーカーじみた行為をしていたらしいことはある程度事実と考えられます。しかし、そうなると、西沢の弟の誠さんの証言と食い違います。誠さんは検察側の調書のなかで言ってます。――「兄貴が人妻に横恋慕してストーカー行為なんかをするのは絶対におかしい」と。どちらの言うことが正しいのか――そんな時です。わたしの元に第二の手紙が届いたのは。そこにはこう書かれていました。

と手紙を出す平田。

平田　「めぐみは嘘をついている」

と平田は舞台上（弁護士事務所）へ戻り椅子に座る。
滝島もそれに続く。
舞台上から次の場面を見る二人。

7～弟の誠

電車の通過音。
誠の仕事場近くの線路脇の空き地。
二〇一一年三月頃。事件の一ヶ月後。
作業服の誠が舞台前方に出て来る。
続いて探偵の谷村。

谷村　すいませんね、忙しいところ。
誠　何ですか、話しって。警察にはもう全部話したつもりだけど。
谷村　まあ、そう言わずに。いくつか確認するだけですから。
誠　休憩時間、終わる前に頼むよ。
谷村　それはもちろん。けど、その前にひとつ。
誠　何だよ。
谷村　あなた、勘違いされてるみたいだけど、わたし、警察じゃないですよ。
誠　え？
谷村　そういう風に見えるかもしれないですけど、警察とは何も関係ありません。
誠　じゃあ誰だよ、あんた。

谷村　調査員です、興信所の。俗に言う探偵ってヤツです。
誠　探偵？
谷村　ええ。谷村と言います。

と名刺を誠に渡す谷村。

誠　（受け取り）探偵がオレに何の用だよ。
谷村　まあだいたい察しはつくと思いますが、お兄さんの事件のことで少し。
誠　……。
谷村　依頼主が誰かはちょっと言えないんですが、とにかく少し話を聞かせてくれませんか。
誠　……。
谷村　お兄さんが亡くなってこんな時に申し訳ないですけど。
誠　悪いけど、みんな警察に話したから言うことは何もないよ。

と行こうとする誠。

谷村　嘘をついていると思いませんか、あの女。
誠　（止まって）……何？
谷村　あの女ですよ、佐野孝一郎の奥さん。
誠　……。
谷村　あの女はあなたのお兄さんに「ストーカーのようにつきまとわれていた」って言ってるん

誠　ですよね。
谷村　……。
誠　ほんとにそうだったんでしょうか。
谷村　……。
誠　わたしは何かあの女が嘘をついていると思うんですよね。
谷村　なんであんたがそんなこと知ってる？
誠　一応、そういうこと調べるのが仕事なもんで。
谷村　……。
誠　どうですか。あなたもそう思ってるんじゃないですか。
谷村　思ってるよ。
誠　じゃあ、同じ意見を持つ者同士、少し話をしても無駄じゃないんじゃないですか。
谷村　何が知りたいんだよ。
誠　お兄さんとあの女の関係です。二人はいったいどういう関係だったのか？
谷村　少なくともオレに「あの女に惚れた」とかそんなことは一度も言わなかったよ。
誠　そう言わなかったとしても、何かあなたに言ったことはないですか、あの女——佐野めぐみに関して。
谷村　……。
誠　どうですか。
谷村　特に何も。
誠　そうですか。
谷村　ただ——。

谷村　ただ何ですか。
誠　避けてるように見えたよ。
谷村　避けている？
誠　ああ。
谷村　誰を？
誠　だからあの女をだよ。
谷村　佐野めぐみを？
誠　ああ。兄貴はそんな素振り見せまいとしてたけど。
谷村　なぜそう感じたんですか。
誠　事件の一週間くらい前だったかな、オレが誘って兄貴といっしょに携帯ショップに行ったんだよ。兄貴、まだ携帯持ってなかったから。
谷村　ええ。
誠　その帰り道にあの女に会ったんだ。
谷村　佐野めぐみに？
誠　八百屋で買い物してるところだった。こう林檎をたくさん――向こうは気付かなかったけど、兄貴は気付いた。オレ、その女に紹介してもらったことねえから、「誰だよ」って聞いたら、「最近知り合った夫婦の奥さんだ」って。
谷村　それで？
誠　挨拶でもするのかと思ったら――兄貴、急に方向変えて、どんどん帰っちまったんだよ。
谷村　……。
誠　その時は照れてるからそんなことしたんだと思った。けど、あの時のことをよくよく思い

谷村　出すと、あの女をじっと見てる兄貴の顔は、なんて言うかちょっと――。
誠　ちょっと何ですか。
谷村　……。
誠　特別な思いを抱いてるように見えた、と？
谷村　そうは言わねえけど。
誠　しかし、普通じゃなかった、と？
谷村　（うなずく）
誠　……。
谷村　兄貴とあの女に何があったかは知らねえよ。けど、そんなはずねえんだよ。
誠　なぜそう思うんですか。
谷村　よく言ってたから、兄貴。
誠　なんて？
谷村　「女はもう懲り懲りだ」って。
誠　それはまたどういう――？
谷村　前の事件のことかと思ったけど、そうじゃないって。話すことが怖くなるらしいよ、十年間、野郎ばっかりの女のいねえトコで過ごすと。
谷村　なるほど。

と電車の通過音。

誠　もういいか、このくらいで。

谷村　ええ。とても参考になりました。どうもありがとう。
誠　……。

と行こうとする誠。

誠　あんたが誰に頼まれてこんなことしてるか知らねえけど。
谷村　……。
誠　あんな死に方して、世間様は「ろくでなしは最後までろくでなしだった」って言うだろうけど。
谷村　……。
誠　兄貴は一生懸命やってたと思うよ。
谷村　……。
誠　少なくともこっちに出てきてからは。
谷村　……。

その場を去る誠。
電車の通過音。

谷村　……。

反対側に去る谷村。

と不穏な音楽。
平田の幻想。
佐野が舞台前方に急ぎ足で出てくる――続いて西沢。
揉み合う二人。

西沢　「待ってくれッ――そんなことできないッ」
佐野　「話は終わりだ。放してくれッ」
西沢　「話を――話を聞いてくれッ」
佐野　「聞くことは何もないッ」

西沢を振り払う佐野。
西沢、果物ナイフで佐野に襲いかかる。
それをかわして、揉み合いになる二人。

西沢　「お前がいると邪魔なんだよッ」

揉み合いのなかで西沢の胸を刺す佐野。
倒れる体で見えなくなる西沢。
ハアハア言って、その姿を見つめる佐野。
そして、手にした果物ナイフをその場に捨てて走り去る。
それを別の空間から見ている平田と滝島。

8 〜雨の夜の弁護人②

雨──。

冒頭の弁護士事務所──二〇一一年五月。

パズルをしている滝島。

滝島　で、何が問題だ。

平田　……少し休憩です。お茶、淹れましょう。

平田、お茶の準備をする。

平田　好きなんですか。

滝島　うん？

平田　パズル。

滝島　まあな。

平田　なら持ってってってくれていいですよ。

滝島　そりゃありがとう。

平田、茶の準備。

滝島　いつだったか知ってる判事さんが言ってたよ。
平田　何をですか。
滝島　「裁判ってのはジグソー・パズルといっしょだ」って。
平田　へえ。
滝島　検察側、弁護側の双方がそれぞれ全く違う絵を描いてる。
平田　……。
滝島　事件の全容――完成すべき絵を構成するバラバラのピースがそれぞれが持っている証拠だ。
平田　……。
滝島　お互い、自分の描いた絵が正しいと思ってる。
平田　……。
滝島　だから、どんなピースを持っているかによって描く絵は全く違う。
平田　……。
滝島　そのバラバラになったピースが法廷で自分の元に届けられる。
平田　……。
滝島　そして、どちらの絵が正しいパズルの完成図かを判断するのが判事の仕事だってな。
平田　そうかもしれません。（と茶を出す）

雨――。

平田　ひとつ聞いてもいいですか。
滝島　何だよ。
平田　弁護士やめたいと思うことはありますか。
滝島　そんなのしょっちゅうだよ。
平田　なんでですか。
滝島　なんでって——被告人のためにこんな苦労して仕事しても、大した金にもならねえからだよ。
平田　まったく。ハハハハ。

雨——。

平田　妹さん——めぐみさんのことですけど。
滝島　ああ。
平田　どんな妹だったんですか、子供の頃。
滝島　可愛い妹だったよ。
平田　はあ。
滝島　あいつ、ああ見えてよく見ると結構、美人なんだぜ。高校生の頃は「スチュワーデスになりたい！」って。
平田　へえ。
滝島　けど、若い時に好きな男ができてすぐに結婚だよ。まったく夢はどうなったって言いたかったけど。

平田　……けど、離婚したんですよね。
滝島　ああ。――けど、安心したよ。またちゃんと所帯持つ気になってくれて。
平田　佐野さんと。
滝島　ああ。
平田　滝島さんは佐野さんのことどう思ってるんですか。
滝島　どうって――あんな妹と所帯持ってくれてありがたいと思ってるよ。
平田　お客さんだったたって――佐野さんの、不動産屋の。
滝島　そうみたいだな。誠実ないいヤツだよ、あいつは。
平田　……。
滝島　何だよ。
平田　滝島さんがそんなこと言うなんて珍しい気がして。
滝島　テメーの欲のために馬鹿やるヤツらばっかり相手に仕事してると、ホッとするよ、ああいう人を見ると。
平田　ずいぶん評価が高いんですね。
滝島　けど、あの人も苦労人でね。
平田　そうみたいですね。
滝島　田舎の親父がギャンブル好きで、その借金返すんであの年まで結婚できなかったらしいよ。
平田　そうなんですか。
滝島　まったくいろんなヤツがいるよ、世の中には。
平田　ほんとに。

雨――。

平田　私情が入るからって言いましたよね。
滝島　うん？
平田　この件を自分でやらずにわたしにフッたのは。
滝島　そうだよ。
平田　どんな私情ですか。
滝島　どんなって――被告人は妹の旦那だぞ。そりゃいろいろやりにくいところがあるだろう。
平田　どんなところがやりにくいですか。
滝島　何が言いたい？
平田　いえ、何て言うか、告発する側じゃなくて弁護する側です、我々の仕事は。しかも、被告人のことをあなたはとても気に入っている。なら、自分で担当されても何も問題はなかったような気がしたものですから。
滝島　……別の件もたくさん抱えてたてな。なかなか手が回らない。――くそッ。もう少しなのになかなかできねえや。

とパズルのピースを投げ出す滝島。

平田　……。
滝島　被告人の義理の兄への尋問はこんなもんでいいでしょうか。
平田　やめてくださいよ、そういう言い方。

滝島　……。
平田　何ですか。
滝島　いや、お前がオレをここに呼んだ理由がだんだんわかってきたような気がするよ。
平田　……。
滝島　まあ急ぐこともない。続きを聞こうじゃないか。
平田　はあ。
滝島　次はどんな場面だ。
平田　若い女検事が大好きな探偵――谷村っていうんですけど、覚えてますか。
滝島　ああ。
平田　彼がびっくりするような事実を突き止めます。
滝島　ほう。
平田　そして、その事実が判明するのも、匿名の手紙があったからです。第三の手紙――そこにはこう書かれていました。

と手紙を出す平田。

平田　「めぐみの過去を当たれ」――。

平田の回想が再び始まる。
平田、茶碗を片付ける。
滝島は、舞台隅の椅子に座る。

9〜改名

平田の携帯電話が鳴る。
弁護士事務所——二〇一一年四月。

平田　（出て）ハイ、平田です。

と別の場所に谷村が出てくる。
市役所の一角。
手帳を見ながら携帯電話をかけている。

谷村　谷村です。
平田　お疲れ様。どうした?
谷村　いきなりですけど、女の検事さんとの合コン、よろしく頼みます。
平田　は?
谷村　まずわたしの希望を言っておくと、前言った坂本百合子を是非連れてきてほしいんですけど。
平田　悪いが忙しいんだ。そんな電話なら切るぞ。

谷村　すげえネタ摑んだんですけど、聞く前に切っていいんですか。
平田　何？
谷村　今、市役所にいます。そこで意外な事実がわかったんですよ。
平田　何だ。
谷村　坂本百合子の件、大丈夫ですか。
平田　話次第だ。もったいつけずに早く言え。
谷村　佐野孝一郎の妻、めぐみに関することです。
平田　それがどうした？
谷村　彼女の戸籍を調べたんですよ、ここで。そしたらとんでもないことがわかりまして。
平田　委任状は？
谷村　へへへへ。
平田　偽造したのか。
谷村　百合子のためなら何でもやりますッ。
平田　（溜め息）
谷村　佐野めぐみの本名、知ってますか。
平田　本名？
谷村　ええ。
平田　結婚する前の名前のことか。
谷村　そうです。
平田　滝島だろ、滝島めぐみ。
谷村　どういう字で書くか知ってますか。

平田　平仮名で「めぐみ」だ。
谷村　そう。しかし、それは改名した名前です。
平田　改名？
谷村　滝島めぐみは、本来は滝島恵子《けいこ》――漢字で「恵む子供」と書きます。
平田　……。
谷村　しかし、本人の意志で五年前に現在の平仮名の「めぐみ」に改名してるんです。
平田　……。
谷村　どういう事情でそうしたのかはわかりません。
平田　それがどうしたって言うんだ。
谷村　彼女は十五年前に一度、結婚してるの知ってますよね。
平田　ああ。
谷村　その時の結婚相手の名前、知ってますか。
平田　知るわけないだろ。
谷村　岸本幸治と言います。航空会社に勤めてた二十八歳の会社員。
平田　岸本幸治――どっかで聞いたことがある名前だな。
谷村　西沢が酒飲んでアパートに放火した事件で死んだ子供の父親です。
平田　……。
谷村　妻の名前は岸本恵子――つまり、佐野めぐみの改名前の名前です。
平田　何だと？
谷村　佐野孝一郎の妻のめぐみは、西沢に殺された子供の母親だってことです。
平田　……。

谷村　もしもし、聞いてますか。
平田　聞いてるよ。
谷村　ね、すげえネタでしょ。
平田　ああ。
谷村　これってどう思いますか、平田さんは。
平田　確かな情報なんだろうな。
谷村　確かですよ。こっちだって平田さんにガセネタ掴ませて合コン、パーにされるの嫌ですもん。
平田　わかった。その資料をここに送ってくれ。
谷村　了解です。
平田　よく調べてくれた。助かったよ。
谷村　そう思ってくれるなら、坂本百合子の件、お願いしますよ。
平田　わかったよ。あんた次第じゃオレの知ってる美人検事、全部声かけて合コンしてやるよ。
谷村　マジで！
平田　ああ。だからよろしく頼む。
谷村　任せてください。全力でやりますッ。
平田　じゃあ、また何かわかったら連絡してくれ。
谷村　喜んでッ。

と電話を切って去る谷村。

平田　そして、わたしは再び佐野孝一郎に面会を申し入れました。本人に直接、わたしが今抱いている疑問をぶつけるために。

平田はその場を去る。

10～再びの面会

佐野が拘置されている拘置所の接見室。
ドアがガチャと開いて佐野が出てきて椅子に座る。
二〇一一年四月。
そこへ平田がやって来る。

佐野　どうも、ご足労かけまして。お世話になります。
平田　……フフ。
佐野　何ですか。
平田　いつも同じ挨拶ですね、わたしとここで会うと。
佐野　そうですか。
平田　ええ。

コツコツという足音がして、隣室のドアが開いて閉まる音。

佐野　ふふ。（と小さく笑う）
平田　何か？

佐野　いえ――わたしだけじゃないんだなって思いまして。
平田　……?
佐野　隣の部屋のことです。
平田　隣?
佐野　ここは三号室ですよね。(右手を示し)そっちは接見の二号室。
平田　そうです。
佐野　二号室の人も、わたしと同じように誰かと会っている。
平田　……。
佐野　相手は弁護士先生か――そうでなければ肉親の面会か……。
平田　……。
佐野　ここにも悲劇があるように隣の部屋にも悲劇がある。そして、そのまた隣にも。そう思うと少し気が楽になります。
平田　……。
佐野　すいません。一人でくだらないことをペラペラと。
平田　……。
佐野　今日は何を――?
平田　何だと思いますか。
佐野　……(苦笑して)さあ、何でしょう。
平田　初めてあなたとここで会った時、わたしが何て言ったか覚えてますか。
佐野　……?
平田　「わたしたちに必要なのは何だかわかりますか」と。

佐野　ええ。信頼だと平田さんは言いました。
平田　そうです。
佐野　……。
平田　佐野さん――あなた、嘘をついてますね。
佐野　……何ですか、いきなり。
平田　二〇〇〇年二月十二日――今から十一年前、西沢卓也は全く身勝手な理由から一人の幼い子供を死なせました。
佐野　……。
平田　子供の名前は岸本栞。父親は岸本幸治、母親は岸本恵子――つまり、今はめぐみと名乗っているあなたの奥さんです。
佐野　……。
平田　西沢とめぐみさんはストーカーとその被害者という関係じゃない。愛する娘を殺した犯人と娘を殺された母親という関係です。
佐野　……。
平田　そして、あなたはたぶん娘を殺した犯人を憎しみ続けたであろうめぐみさんの夫です。
佐野　……。
平田　違いますか？
佐野　……。
平田　だとするなら――。

と言って言いよどむ平田。

佐野　だとするなら何です？
平田　……。
佐野　「だとするなら、めぐみがあの男を殺したんじゃないか」と？
平田　少なくとも、動機は——。
佐野　ハハ、ハハ、ハハハハ。ハハハハ。

と大笑いする佐野。

佐野　あ——すいません。けど、久し振りに笑いました。
平田　……。
佐野　想像力が逞しいんですね、平田さんは。
平田　しかし——。
佐野　とても面白い話です。けど、それは余りに突拍子もない話です。
平田　佐野さん——。
佐野　前にも言いましたが、そんなことはわたしは全然知らない話です。ハハハハ。
平田　聞いて（ください）——。
佐野　馬鹿なこと言って事件をややこしくしないでください。
平田　いいですか——。
佐野　認めてるでしょ、全部ッ。わたしが刺したんです、あの男をッ。それ以外の何をあなたは追及する権利があるって言うんだッ！

と感情的に声を荒らげる佐野。

佐野　……すいません。
平田　佐野さん。
佐野　ハイ。
平田　前にも言いましたが、傷害致死罪と殺人罪は違うものです。殺すつもりはなかったけれど、相手に暴行を加えて結果として殺害してしまった場合と殺意を持って相手に暴行を加え死に至らしめた場合は、問われる罪が違うんです。
佐野　……。
平田　もちろん、現在、あなたが問われている罪は、傷害致死であって殺人じゃありません。ですから――。
佐野　……ですから何ですか。
平田　いや――。（と葛藤する）
佐野　……。
平田　佐野さん。
佐野　ハイ。
平田　初公判が始まるまで後一週間です。
佐野　ええ。
平田　その間にわたしが今言ったことに関して確信を持つに至ったら――。
佐野　……。

平田　……いや、いいです。今日はこれで帰ります。

平田、立って壁のボタンを押す。
扉の開く音。
佐野、接見室から出て行こうとして立ち止まる。

佐野　平田さんがどう思うかわかりませんけど。
平田　ええ。
佐野　めぐみは関係ありません。
平田　……。
佐野　関係ないんです。

と一礼してその場を去る佐野。

平田　もうおわかりでしょう。繋がらなかった西沢卓也と佐野めぐみの線が繋がった時、この事件はまったく別の様相を呈します。つまり、この事件は偶然、知り合ってストーキングにあった人妻の夫が相手の男と口論になって殺してしまったという「傷害致死事件」ではなく、明確な意志をもった犯行者によって計画された「殺人事件」とも言えなくないからです。

舞台に出てくるめぐみ（真っ赤なセーター）――。

男もののシャツを何枚か持っている。
テーブルの上でそれを丁寧に畳むめぐみ。

平田　もちろん、現段階で佐野孝一郎は「傷害致死」で立件されているわけですから、殺人の罪に問われることはありません。しかし、もしも、検察側がこの事実に気付いたら、正当防衛はもちろん認められず、下手をすれば検察側はめぐみさんの殺人罪の裁判に切り換える可能性さえあります。証拠は何ひとつありません。けれど、こう考えると、佐野めぐみには西沢卓也を殺意をもって殺す動機があります。

平田は滝島とともに次の場面を見る。

11〜娘を殺した男

佐野の部屋。
二〇一一年一月。
と佐野が出てくる。

佐野　ほんとなのか。
めぐみ　……。
佐野　よく似た顔のヤツだったたってことだってあるだろ？
めぐみ　……。
佐野　そうだよ、そう決まってる。そんな馬鹿なことが。
めぐみ　出所したのよ。
佐野　え？
めぐみ　あいつの刑期は無期じゃないわ。十年よ。
佐野　……。
めぐみ　ハハハハハ。

と笑い出すめぐみ。

めぐみ　あの日のこと、覚えてる？　あの男がここに来た日のこと。
佐野　……。
めぐみ　あいつは普通に暮らしてるわ。普通に世間話をして、普通に御飯を食べて、普通に笑って
――。
佐野　仕方ないだろ、あいつはもう自由なんだ。
めぐみ　あなたはどう思う？
佐野　え？
めぐみ　一人の子供の命を、栞の未来を全部奪ったあの男が普通の暮らしをしてることを。
佐野　その罪を償うためにあいつは服役したんだ、長い間――。
めぐみ　十年よ、たった。あなたは、あなたはそのくらいであいつの犯した罪が償《つぐな》えるって言う
の？
佐野　……。
めぐみ　酔ってれば何してもいいの？
佐野　……。
めぐみ　酔ってれば他人の家に火をつけて、それで人が死んでも？
佐野　……。
めぐみ　許せるの、あなたは、それを？
佐野　許せるも何も法律がそう決めたなら――。
めぐみ　ハハハハ。そう言うと思ったわ。
佐野　……。

めぐみ　けど、それが正義？
佐野　じゃあ、お前はどうすれば気がすむって言うんだ。
めぐみ　……。
佐野　あいつを自分の手で殺せばそれで満足なのか。
めぐみ　（佐野を見て）……。
佐野　馬鹿なこと考えるなッ。そんなことしたらオレたちの生活はどうなるッ。

とめぐみに迫る佐野。
めぐみは佐野から逃れ、床にへたばり込む。

めぐみ　林檎が転がったの、焼け跡に。燃えて真っ黒にくすんだ家の前に。
佐野　……。
めぐみ　あたしが買ってきた林檎――。その林檎の色が栞の流した血みたいに見えたわ。
佐野　……。
めぐみ　なのに、なんであたしが今でも林檎を買うのかわかる？
佐野　……。
めぐみ　あのことを絶対に忘れないためよッ。
佐野　……。
めぐみ　あたし、買い物に行ってたの。栞は一人で留守番してた。
佐野　……。
めぐみ　「お前がついていながらなんで助けてやれなかったんだッ」――夫はあたしを責めた――

佐野　何度も。

めぐみ　……。

佐野　けど、あたし、何も言い返せなかった。

めぐみ　いいか、めぐみ。お前があいつを憎むのはよくわかる。けど、だからってあいつに何かすることはできないんだ。わかるだろう。

佐野　……。

めぐみ　忘れよう、みんな。あいつとは二度と会わないようにして、みんな忘れて、今まで通りに暮らしていこう。いいな。

佐野、めぐみを背後から抱き締める。

佐野　約束したじゃないか。みんな忘れて幸せになろうって。

めぐみ　……。

佐野　もうよそう。忘れるんだ。

めぐみはじっと動かない。
それを見ていた平田が出てくる。

平田　何度も言いますが、これは事実かどうかわかりません。けれど、もしめぐみさんが西沢のことに気付いていたとしたら、佐野さんとこういうやり取りがあったと考えることはそんなに不思議じゃないとわたしは思います。その後、二人のこの夫婦にどんなことが起きたのか？

めぐみ、佐野の手を逃れる。
そして、途中だったシャツを畳み続ける。
それを見ている佐野。

平田　一方、西沢の方はどうでしょうか。西沢はめぐみさんが自分が殺した子供の母親だと気付いていていたのでしょうか？　最初は気付いていなかったけれど、どこかの段階でその事実を知ったという可能性はあります。いや、知らされたのだと思います。だからこそ、この事件は起こったと考える方が自然ではないでしょうか。西沢がめぐみさんに付きまとったのは、ストーキングというような種類のものではなく、その事実を知った西沢が何らかの形でめぐみさんに接触しようとして行った行為だったと考えるのは不自然でしょうか？

めぐみ、立つ。

めぐみ　林檎が買ってあるの。あっちで食べましょう。

めぐみはシャツを持って去る。

佐野　……。

それを追う佐野。

平田と滝島は舞台の隅から次の場面を見る。

12～訣別

舞台前方に西沢が出てくる。
風の吹く川辺の道。
そこへ佐野がやって来る。
二〇一一年、二月。

西沢　どうも。
佐野　……。
西沢　何ですか、大切な話って？
佐野　……。
西沢　寒いからどこか店にでも入りますか。
佐野　いや、ここで話しましょう。
西沢　どうかしましたか？
佐野　……。
西沢　佐野さん？
佐野　ずっと考えてましたよ。
西沢　何を。

佐野　あなたにこれから言うことをどういう風に伝えるべきかを。
西沢　何ですか、改まって。ハハ。
佐野　元はと言えばわたしがあなたに出会ったのが間違いでした。すべての原因はわたしにある。わたしがあの日、あの店に携帯電話を忘れたりしなかったら、こんなことにはなってなかったわけだから。だから、そのことに関してはこの通り謝ります。

と頭を下げる佐野。

西沢　何のことですか、いったい——。
佐野　けど、わたしにはまだ確信がありません。だから間違いであってほしいという気持ちの方が強いです。
西沢　これはいったい——。
佐野　あなたはかつてひどい事件を起こしましたよね。
西沢　え？
佐野　今から十一年前です。二〇〇〇年の二月。
西沢　……。
佐野　どうですか。
西沢　……。
佐野　その沈黙はイエスと受け取っていいということですね。
西沢　……。
佐野　ハハハハ。そうなんですね、やはり。

西沢　これはいったいどういう――。
佐野　けど勘違いしないでください。あなたに前科があるからこういうことを言いたいわけじゃないんですから。
西沢　……。
佐野　こう見えてわたしは寛大な人間です。人間は罪を犯す――そりゃ限度はありますけど、そんな人間もまた一人の人間であることには変わりない。過去のことは過去のこと――罪を犯した人間を許す気持ちも持っているつもりです。
西沢　……。
佐野　けど、こればかりはどうにもならない。
西沢　……。
佐野　信じられますか、あなたの殺した子供の母親の前に出所したあなたが再び現れるなんて。
西沢　……。
佐野　そう、めぐみはその子の母親なんです。
西沢　……。

強い風が吹く。

佐野　そんなことも知らずにわたしはあなたを妻に紹介して、そればかりか子供ができて喜んでることを教えることさえ――。
西沢　……。

西沢、その場から去ろうとする。

佐野　待ってくれッ。

と、それを止める佐野。

西沢　放してくださいッ――放せよッ。
佐野　聞いてくれッ。わたしは何もあなたを非難しようとかそういうつもりで呼んだんじゃないんだッ。

抵抗するのをやめる西沢。

風――。

佐野　結論を言います。
西沢　……。
佐野　すぐにわたしたちの前から消えてください。
西沢　……。
佐野　今すぐこの町から出ていってください。
西沢　……。
佐野　そして、二度とわたしたちの前に現れないでください。
西沢　……。

佐野　言いたかったのはそれだけです。
西沢　……。
佐野　何か言いたいことはありますか。
西沢　いいや。
佐野　これ以上、あいつを苦しめないでください。
西沢　……。
佐野　それに予感がするんです、恐ろしいことが起こる。
西沢　……。
佐野　だからこれはお願いじゃない。忠告です、あなたのための。

佐野はその場を去る。
その場に立ち尽くす西沢。

西沢　……。

そして、そのまま舞台上に上がり、椅子に座る。

平田　これも想像に過ぎません。こんな事実は佐野孝一郎からはもちろん妻のめぐみさんからも聞けたわけじゃないからです。けれど、この想像には根拠があります。その根拠とは、西沢がめぐみさんの子供を殺した犯人だということです。そして、めぐみさんと佐野孝一郎が、それを事前に知っていたとすれば、二人は嘘の供述をしているということになります。

しかし、こんなことがあってから西沢は町から去るどころか、めぐみさんに接触を試みた、何度も何度も。なぜ西沢はそんなことを——？　考えられるのは西沢は何かをめぐみさんに伝えようとしていたのではないかということです。かつて自分の衝動的な愚かな行動によって子供を死なせた犯人が、その母親に伝えたかったこと——「甘い」と笑われそうですが、わたしにはそれは謝罪の言葉としか考えられません。そして、事件の起きた問題の夜——。

平田と滝島はその場から次の場面を見る。

13～その夜の出来事――

西沢のアパート。
二〇一一年二月十二日――夕刻。
椅子に座っている西沢。
そこに佐野がやって来る。

西沢　どうぞ。

と佐野を室内へ促す。

佐野　長居するつもりはない。
西沢　……。

と椅子に座る西沢。

佐野　どういうことだ？
西沢　……。

佐野　あんた、人の話をちゃんと聞いてるのか。
西沢　……。
佐野　わたしたちはこの町から出て行ってくれと言ったんだ。
西沢　……。
佐野　それが何だ。何度も家にしつこく電話はする。そのあげくにめぐみの店に行くとはどういう神経だッ。
西沢　……。
佐野　何が望みだ。
西沢　……。
佐野　なんでそんな非常識なことする？
西沢　……。
佐野　わたしたちへの嫌がらせか？
西沢　……。
佐野　いいか、あんたの態度次第じゃまた警察の厄介になることになるからな。
西沢　……。
佐野　黙ってないで何とか言えッ。
西沢　すいません。
佐野　すいません？　ハハハハ。そう思ってるならなんであんなことするんだッ。
西沢　迷惑をかけていることはわかってます。
佐野　じゃあなんで――。
西沢　どの面下げてと思われるとは思います。だけど――。

佐野　だけど何だッ。
西沢　お詫びをしたいと思ったんです。

と床に土下座する西沢。

西沢　もちろん、オレがしたことは取り返しのつかないことです。
佐野　……。
西沢　どんな言葉も届きはしない。
佐野　……。
西沢　けど、自分の言葉であの人に詫びたいと。
佐野　……。
西沢　亡くなったお子さんの墓にも行こうと思いました。けど、どこにあるのか場所すらわからない。
佐野　……。
西沢　だから奥さんに直接会って――。
佐野　いい加減にしろッ。

と西沢を殴る佐野。

西沢　……。
佐野　迷惑なんだよ、そんなのはッ。

西沢　……。
佐野　謝って何になる？　あんたの気持ちがスッキリするのか？
西沢　……。
佐野　冗談じゃないよッ。こっちの気持ちも考えろッ。あんたみたいなヤツに周りウロウロされたら堪んないに決まってるよッ。
西沢　……。
佐野　余計なことを考えずにすぐに消えてくれ。
佐野　いいな。
西沢　……。
佐野　いいなッ。
西沢　（うなずく）

佐野、出て行こうとして立ち止まる。

佐野　（背を向けたまま）もうひとつ大事なことを言い忘れた。
西沢　……？
佐野　めぐみがいなくなった。
西沢　……。
佐野　もう戻らないかもしれない。
西沢　……。
佐野　それも全部あんたのせいだッ。

西沢　……。

と行こうとする佐野。
そこにめぐみが現れる。
めぐみは手にナイフを持っている。

佐野　めぐみ――。

めぐみ、ナイフで佐野を威嚇する。

佐野　やめろ、馬鹿な真似は。
めぐみ　……。
佐野　それをこっちに。
めぐみ　嫌ッ。
佐野　そんなことして何になる？
めぐみ　……。
佐野　約束した。もうこの男は二度とオレたちの前には現れない。
めぐみ　……。
佐野　もう終わりなんだ。
めぐみ　あたしはまだ終わってないの。

と西沢にナイフを向ける。

めぐみ　今日が何の日かわかる？

西沢　……。

めぐみ　十一年前にあなたが栄を殺した日よ。

佐野　めぐみ、よく聞け。この男はオレたちの前から消える。約束したんだ。

めぐみ　……。

佐野　反省もしてる。お前に謝りたいとも言った。いいじゃないか、それで。

めぐみ　……。

佐野　だから馬鹿なことをするな。

めぐみ　……。

佐野　お前には子供がいるんだぞ！

めぐみ　……。

佐野　な、だからそれをこっちに――。

と前に出る佐野。

めぐみ、ナイフを佐野に向ける。

めぐみ　嫌ッ。

佐野　めぐみ――。

西沢、土下座して頭を床に押し付ける。

西沢　申し訳ありませんでしたッ。

めぐみ　……。

西沢　もちろん、こんなことしてもあなたの気が晴れるとは思いません。けど、これ以上、オレにできることはないんですッ。

めぐみ　……。

西沢　ほんとうに——この通り。

と頭を床に押しつける西沢。
めぐみ、西沢に近付こうとする。
それを阻止しようとする佐野。
めぐみ、ナイフを振り回す。
ナイフをよけて尻餅をつく西沢。
対峙するめぐみと西沢。

佐野　やめろ、めぐみ——。

めぐみ、西沢に突進して胸を刺す。

佐野　あ——。

西沢　……。

西沢、倒れる。
へなへなとその場に座り込むめぐみ。
佐野、西沢に駆け寄る。

佐野　おい、しっかりしろッ。おいッ。
西沢　……。
佐野　死なないでくれッ。頼むッ。めぐみを人殺しにしてないでくれッ。
西沢　……。

西沢、息絶える。

佐野　おいッおいッおいッおいッ――。

と西沢を揺するが反応しない西沢。

佐野　……。

佐野、めぐみからナイフを奪う。

佐野　大丈夫だ。何もお前はしなかった。いいか、何もしなかったんだ、お前はッ。わかったかッ。

めぐみ　（放心して）……ハハハハ。

と笑うめぐみ。
ナイフをその場に捨てる佐野。

佐野　行こう。

とめぐみの手を取ってその場を去る佐野。

平田　もし、こういう風に西沢が死んだとするなら、佐野孝一郎はめぐみさんを説得したにちがいありません。「お前は何もしなかった。西沢を刺したのはオレなんだ」と。めぐみさんは「そんなことはできない」と反論したかもしれません。けれど、めぐみさんは最終的に佐野の提案を聞き入れた――なぜなら、めぐみさんのお腹には新しい命が宿っていたからです。こういう風に考えると、自らめぐみさんの罪を被ろうと思った佐野孝一郎の気持ちもわかります。

横たわって動かない西沢。
それを見ている平田と滝島。
と暗くなる。

14～復讐の意味

明るくなると平田がいる。

平田　そして、先週のことです。意外な人物がここを訪ねてきました。

弁護士事務所。
二〇一一年五月の午後。
椅子に座って書類を見ている平田。
とノックの音。

平田　どうぞ。

やって来る誠。
作業着ではなくスーツを着ている。
続いて谷村が来る。

谷村　あ――西沢誠さんです。こちらは弁護士の平田先生。

と二人を紹介する谷村。

誠　どうも、忙しいところすいません。
平田　いや、そりゃ構わないけど、いったいこれはどういう――。
谷村　どうしても話したいことがあるって言うんで。
平田　話したいこと？
谷村　ええ。
平田　まあ、どうぞ掛けてください。
誠　ありがとうございます。

誠、椅子に座って平田と向かい合う。
谷村はすぐ近くに立っている。

平田　あ、今、秘書がいないんだ。（谷村に）お茶、頼む。
谷村　なんでオレが――。
誠　いいです、すぐ帰りますから。
平田　いやあ、その節はいろいろとありがとう。その――いろいろ話を聞かせてもらって。とても参考になりました。
誠　はあ。
平田　ところで、今日はどういう――。

誠　元気ですか。
平田　え？
誠　平田さんが弁護する——あの人は。
平田　ええ。
誠　あの人の奥さんも？
平田　大丈夫です。
誠　そうですか。
平田　……？
誠　すいません、変なこと聞いて。

誠、懐から手紙を出す。

誠　手紙が来たんです、オレのところへ。

と手紙を平田に渡す。

誠　差出人はわからないんですけど、そこにちょっとびっくりするようなことが書いてあって。
平田　（手紙を見て）……。
誠　あの奥さんの子供なんですか、兄貴が前に起こした事件で亡くなったのは。
平田　……。
誠　そうなんですか？

平田　……。（と谷村を見る）
谷村　……お茶、淹れてきますかね。

とその場を去ろうとする谷村。

平田　いいよ、お茶はッ。
谷村　自分が飲みたいんですッ。
平田　我慢しろよ、そのくらいッ。
谷村　いいじゃないですか、お茶くらいッ。

と揉み合う二人。

誠　答えてください。そうなんですか？
平田　……ええ。
谷村　……。（と頭を抱える）
誠　そうですか。
平田　けど、誤解しないでください。だからと言って佐野さんが嘘をついてると言い切れるわけじゃないわけですし——。
誠　ハハハハ。いや、そんなことを言いに来たんじゃないんですよ。
平田　じゃあ——。
誠　あんなヤツですけど、オレはあの兄貴の弟です。

平田　ええ。
誠　だから、どんな形であったにせよ、兄貴が死んだのは悲しいし、悔しいです。
平田　（うなずく）
誠　この人（谷村）にも言いましたけど、どんなろくでなしでもオレにとってはかけがいのない兄貴だから。
平田　（うなずく）
誠　けど、兄貴はかつて加害者でした。一人の幼い女の子の命を奪ってしまった。
平田　そうです。
誠　あの女の人はその女の子——被害者の遺族です。
平田　ええ。
誠　そして、兄貴がいなくなった今、今度はオレが被害者の遺族になったってわけですよね。
平田　……。
誠　だから、やられたら同じように相手にやり返す気持ち、よくわかるような気がします——自分がそういう立場になってみて。
平田　気持ちはわかります。
誠　そうじゃないんです。すいません、頭よくないんで、なかなかうまく話せないんですけど。
谷村　つまり、そうであるならあなたもお兄さんの復讐がしたい——と？
誠　ええ。
平田　……。
谷村　しかし、それを裁くのが法律であって——。
誠　違うんです、そうじゃないんです。

谷村　……？

誠　こう言うとアレだけど、オレ、今回だけじゃなくて十一年前も兄貴のせいで被害者になったんだと思います。兄貴はオレの加害者です。

平田　そうですね。

誠　何度も恨みました、兄貴のこと。「なんでそんなことをしたんだ」って。

平田　わかります。

誠　けど、時間が経って——違うなって思って心に決めたんです。

平田　何をですか。

誠　自分が幸せになること——それが兄貴への最大の復讐なんだって。

平田　……。

誠　だから、伝えてくれませんか。「オレは兄貴を死なせたあなたにもそういう風に復讐する」って。

谷村　……。

誠　すいません、偉そうに。

平田　いいえ。伝えます、必ず。

誠　ありがとうございます。言いたかったのはそれだけです。すいません、お忙しいところ。

と立ち上がって行こうとする誠。

平田　あの、誠さん。

誠　ハイ。

平田　公判は見にきますか。
誠　悪いけど、行きません。検事さんには法廷に被害者の遺族として参加してほしいって言われてますけど。
平田　なんでですか。
誠　どんな判決が出ても兄貴は戻ってはきませんから。
平田　……わかりました。
誠　オレ、思うんです。
平田　……？
誠　きっと兄貴は、嫌々死んだんじゃないって。
平田　……。
誠　失礼します。

とその場を去る誠。

谷村　辞めたみたいですよ、整備工の仕事――彼。（と誠を示す）
平田　そうか。
谷村　就職活動してるんですって、今。
平田　だからあんな格好を。
谷村　ええ。
平田　……。
谷村　「最大の復讐は自分が幸せになること」か――いいこと言いますね。

平田　ああ。
谷村　オレも復讐しようかな、自分が幸せになって。
平田　誰に。
谷村　決まってるでしょう。オレをフッた女検事にですよ。
平田　……。
谷村　（腕時計を見て）あ、いけね——じゃあわたしはこれで。
平田　ああ。
谷村　忘れないでくださいよ、約束。百合子ちゃん。
平田　わかってるよ。
谷村　よろしくッ。

と行こうとして立ち止まる谷村。

谷村　どうなりますかね。
平田　うん？
谷村　この裁判——。
平田　……。
谷村　ご健闘をお祈りします。

とその場を去る谷村。

15〜雨の夜の弁護人③

雨——。

弁護士事務所。

二〇一一年五月のある日の夜——深夜。

と滝島は舞台上の椅子に座る。

滝島、パズルをやっている。

平田　これで滝島さんに聞いてほしかった話は終わりです。

滝島　……。

平田　わかっていただけましたか、わたしが来週の公判に臨むのをためらう訳が。

滝島　いいや、わからんなあ。

平田　……。

滝島　めぐみが真犯人？　ハハハハ。なかなか面白い仮説だが、想像で裁判はできない。お前が最初に言ったように裁判じゃ対処の仕様のないことだ。

平田　じゃあ、滝島さんは佐野孝一郎の無罪を裁判で勝ち取れとおっしゃるんですか。

滝島　それ以外の何がある？　お前は佐野孝一郎の弁護人だ。検察官じゃない。

平田　……。

滝島　そして、この事件で裁かれるのは佐野孝一郎だ。めぐみじゃない。

雨――。

平田　そう言うと思ってました。
滝島　……。
平田　じゃあなんでわたしに手紙を書いたんですか。
滝島　何？
平田　これは他の誰でもない、あなたが書いたものだ。

と密告状を掲げる平田。

平田　誠さんが受け取った匿名の手紙も――。
滝島　……。
平田　あなたは「私情が入るから弁護をわたしに回した」と言いましたよね。
滝島　ああ。
平田　私情っていうのは佐野孝一郎に対してじゃない。妹のめぐみさんと死んだ栞ちゃんに対しての私情なんじゃないんですか。
滝島　……。
平田　あなたは西沢を殺害した犯人に心当たりがあった。当たり前です。十一年も前のことだとは言え、あなたも栞ちゃんを抱き上げたことがあるはずだ。

JIGAZO PUZZLE

滝島　……。
平田　可愛い妹の幸せな結婚。初めての子供――。
滝島　……。
平田　その幸せを身勝手極まる理由で殺した男がいる。しかも、心神耗弱で刑期はたった十年。
滝島　……。
平田　めぐみさん同様、法律家であるあなたさえ納得できなかった。
滝島　……。
平田　しかし、十一年前、あなたも佐野と同じように言ったにちがいない。「忘れるんだ。みんな忘れて生きるんだ」と。
滝島　もういい――。
平田　佐野だけじゃない。あなたもめぐみさんを深く愛していたからだ。
滝島　おい――。
平田　けれど、あなたは許せなかった。栞ちゃんを殺した西沢をじゃない。この事件をうやむやに終わらせる自分自身をです。
滝島　やめろ――。
平田　だからあなたは誰かに真実を暴いてほしかった。
滝島　平田――。
平田　たまたまあなたの近くに一人の弁護士がいた。あなたを尊敬し、法の理想をまだ持ち続けているかもしれない一人の男――。
滝島　もういいって言ってるだろ！

とテーブルを叩く滝島。

滝島　ハハハハ。
平田　何ですか。
滝島　いや、しばらく離れてるうちにいい弁護士になったなって思ってな。
平田　……。
滝島　長い話を聞いてる途中には「あれ？」って思うところがいくつかあったが、今のはなかなか説得力ある弁論だった。
平田　滝島さん――。
滝島　確かに面白い推理だ。それならパズルはピタリと嵌まる。
平田　……。
滝島　その通りだ。
平田　え？
滝島　これを書いたのはオレだ。

と密告状を手に取る滝島。

滝島　オレも最初はめぐみが犯人だと思った。しかし――。
平田　しかし――。
滝島　真実は違う。
平田　え？

滝島　違うんだ、真実は。
平田　……。
滝島　あの日——事件のあった二月十二日の夜。

と滝島、立ち上がって回想する。
平田と滝島は舞台の隅から次の場面を見る。

16～真相

西沢のアパート。
二〇一一年二月十二日――夕刻。
西沢が出てくる。

西沢　どうぞ。

と佐野がやって来る。

佐野　長居するつもりはない。
西沢　……。

と地べたに座る西沢。

西沢　見てください、これ。やっと買いました。

と携帯電話を出す西沢。

西沢　だが残念ながらまだ誰とも話していないんですけど。
佐野　どういうことだ？
西沢　……。
佐野　あんた、人の話をちゃんと聞いてるのか。
西沢　……。
佐野　わたしたちはこの町から出て行ってくれと言ったんだ。
西沢　……。
佐野　それが何だ。何度も家にしつこく電話はする。そのあげくにめぐみの店に行くとはどういう神経だッ。
西沢　……。
佐野　何が望みだ。
西沢　……。
佐野　なんでそんな非常識なことする？
西沢　……。
佐野　わたしたちへの嫌がらせか？
西沢　……。
佐野　いいか、あんたの態度次第じゃまた警察の厄介になることになるからな。
西沢　……。

西沢、携帯電話を掲げる。

西沢　幸せですよね、誰かと話せるあなたは。
佐野　何？
西沢　これを使って誰かに電話をする――誰かが出て、話をする。
佐野　……。
西沢　「今、どこにいるの？」「まだ仕事してる」「そうなの」「たぶん後一時間くらいかかる」「わかった」「ごめんな」「ううん」「眠かったら先に寝ていいよ」「大丈夫、気をつけて帰ってきてね」「ああ」

佐野　お前、何を――。
西沢　オレがなぜ奥さんに会いたかったかわかりますか？
佐野　……。
西沢　自分の犯した罪を謝るため？
佐野　……。
西沢　「こんなことをしてしまって申し訳ありませんでした。心から後悔してます。ですからどうか許してください」

と頭を床にこすり付ける西沢。

西沢　ハハハハ。違います――違うんです。
佐野　……。
西沢　会いたかったんです、奥さんに――いや、めぐみという女に。

佐野　……。

西沢　なぜだかわかりますか？　初めてなんです、こっちに出てきてから心から女を抱きたいと思ったのは。そう、あの女と。

佐野、いきなり西沢を殴る。

西沢　あの女とひとつになりたいと――。

佐野、西沢をさらに殴る。

西沢　（ひるまず）あなたじゃないんですッ。めぐみともっと深く、もっと強く結び付いてるのは――。

佐野　やめろッ！

と西沢を殴る佐野。
そこにめぐみが現れる。
めぐみは手にナイフを持っている。

佐野　めぐみ――。

めぐみ、ナイフで佐野を威嚇する。

佐野　やめろ、馬鹿な真似は。

西沢は座ったまま。

めぐみ、西沢にナイフを向ける。

めぐみ　今日が何の日かわかる?

西沢　……。

めぐみ　十一年前にあなたが茉を殺した日よ。

佐野　めぐみ、よく聞け。この男はオレたちの前から消える。反省もしてる。お前に謝りたいとも言った。いいじゃないか、それで。

めぐみ　……。

佐野　だから馬鹿なことをするな。

めぐみ　……。

佐野　お前には子供がいるんだぞ!

めぐみ　……。

佐野　な、だからそれをこっちに——。

と前に出る佐野。

めぐみ、ナイフを佐野に向ける。

めぐみ　嫌ッ。
佐野　めぐみ――。
西沢　やっと会えた。
めぐみ　……。
西沢　いいですよ。
めぐみ　……。
西沢　あなたの気がそれで済むなら。
佐野　（西沢に）馬鹿なこと言うなッ。
西沢　あなたに会いたかった。
めぐみ　……。
西沢　けど、今、ようやくわかりました。
めぐみ　……。
西沢　たぶんこういう形しかないんです、あなたとわたしの再会は。
めぐみ　……。
西沢　来てください、こっちに。
佐野　おい――。
西沢　いいんです。
佐野　やめろ――。
西沢　いいんです、ほんとに。
佐野　やめるんだッ。

めぐみ、西沢に吸い寄せられるように近付く。

めぐみ　……。

見つめ合うめぐみと西沢。
その姿は見ようによれば愛し合っている男女のようにも見える。

佐野　……。

めぐみからナイフを奪う佐野。
そして——渾身の力を込めて西沢の胸を刺す。

西沢　……！

西沢、倒れる。

佐野　……。

西沢、息絶える。
呆然としているめぐみ。
佐野、ナイフをその場に投げ出す。

佐野　……。

佐野、めぐみを抱き締める。
泣き叫ぶめぐみ。
倒れて動かない西沢。
それを隅から見ている滝島と平田。
と暗くなる。

17～雨の夜の弁護人④

弁護士事務所。
雨――。
テーブルの前の椅子に座っている滝島。

滝島　そういうことだ。
平田　つまり、それは――。
滝島　そう、佐野に聞いたんだ、昨日。
平田　……。
滝島　めぐみがな、手首を切ったんだ。
平田　え？
滝島　三日前のことだ。
平田　……。
滝島　心配するな。命に別条はない。
平田　……。
滝島　昨日、それを伝えに拘置所を訪ねた。
平田　……。

滝島　そして、佐野は話した——今の話を。
平田　……。
滝島　号泣だ——参ったよ。ハハ。
平田　……。
滝島　西沢に手を下したのは——めぐみじゃなかったんだ。
平田　……。
滝島　ただし、佐野に殺意はあった——。
平田　……。
滝島　そして、もうひとつ。

とパズルのピースを取る滝島。

滝島　めぐみと西沢は偶然出会ったと思うか？
平田　え？
滝島　なぜめぐみはこの町に来た？
平田　なぜって——。
滝島　たまたまか？　オレは違うと思う。
平田　……。
滝島　待ってたんだ、めぐみ——いや岸本恵子は、あの男を。
平田　……。
滝島　なぜならこの町にはアイツの弟がいることを知ってたからだ。

平田　そんな――。
滝島　一言も言わないが、たぶん佐野はそのことに気付いてる。
平田　……。

雨――。
滝島、立つ。

滝島　嫌なら投げ出してもらっても仕方ないと思ってる。
平田　……。
滝島　「弁護士としてじゃなく友人として聞いてくれ」って言ったよな。
平田　ええ。
滝島　だから弁護士としてじゃなく友人としてお願いする。
平田　……。
滝島　佐野の裁判、よろしく頼む。

と深く頭を下げる滝島。

平田　……。
滝島　続けてくれるか?
平田　(小さくうなずく)
滝島　ありがとう。……今日は帰る。

滝島、ふとテーブルの上のパズルを見る。

滝島　担当検事は荒木田って言ってたよな。

平田　ええ。

滝島　頑張ってくれ。

平田　……。

滝島　早く帰れよ。また奥さんに怒鳴られるぞ。……お休み。

と片手を挙げて事務所から出て行く滝島。

平田　（見送り）……。

と平田、滝島が作っていたパズルを見る。
左目の部分がポッカリ空いた「モナリザの微笑」――。
完成していないパズル。
平田、窓の外を見る。
雨――。
呆然と暗い雨を見つめる平田。

エピローグ

と佐野が舞台前方の中央に出てくる。
東京地方裁判所501号法廷。

佐野　（正面を見て）……。

と検察官（男）の起訴状朗読の声が聞こえる。

検察官　（声）「公訴事実。被告人は平成二十三年二月十二日午後五時三十分頃、東京都多摩市桜ヶ丘五丁目二十一番地にあるアパート〝平和荘〟12号室を訪ね、同室の住人・西沢卓也（当年三十八歳）と被告人の妻に対するストーカー行為をめぐり口論となり、室内にあった果物ナイフで胸部を刺し傷害を負わせ、よって外傷性ショックにより死亡させたものである。罪名及び罰条、傷害致死。刑法二〇五条。以上についてご審議をお願いいたします」――。

佐野、弁護士事務所＝弁護人席にいる平田を一瞥する。
その悲しみに満ちた顔。

平田　……。

佐野、決然と正面の判事席を見る。
それを見ている平田。
そんな平田の姿が闇に消える。
何も言わず正面を向いている佐野孝一郎。
その顔はどこか晴れ晴れとしているようにも見える。
と暗くなる。

［参考文献］
○「そして殺人者は野に放たれる」（日垣隆著／新潮文庫）
○「元刑務官が明かす刑務所のすべて　衣・食・住から塀の中の犯罪まで実録・獄中生活マニュアル」（坂本敏夫著／日本文芸社）
○「実録！　ムショの本　パクられた私たちの刑務所体験！」（別冊宝島161／JICC出版局）
○「犯罪被害者　いま人権を考える」（河原理子著／平凡社新書）
○「刑法三九条は削除せよ！　是か非か」（呉智英・佐藤幹夫著／洋泉社新書）
○「犯罪事実記載の実務　刑法犯　五訂版」（末永秀夫・絹川信博・坂井靖ほか共著／近代警察社）
他

＊また、法律監修として平岩利文氏（ネクスト法律事務所）に専門的な法律用語や裁判の進行などについてのご指導をしていただきました。付して謝意を表します。

法廷と劇場はとてもよく似ている！

平岩利文（弁護士）×高橋いさを

観客は傍聴人、それとも裁判官？

高橋　今回は弁護士が出てくるお芝居で、平岩さんに大きな協力をしていただいたので、こういう対談をしたら面白いのではと思い、今日は伺いました。テーマは「法廷と劇場」、あるいは「弁護士と役者」みたいなことがいいと思うんですけれど。

平岩　なるほど。

高橋　まず、わたしが口火を切りますと、わたしはもともと法廷と劇場というのは、とても似ていると思っていまして。

平岩　どういうところが似ていると思うんですか？

高橋　わたしが法廷に強い興味を持ったのは、何年か前に実際に法廷に行って裁判を見たら、「これは、ほとんど演劇に他ならない」と思ったからです。つまり、法廷で「被告人」と呼ばれる人が演劇では「主人公」に当たり、それを告発する「検察官」という敵役《かたきやく》がいて、それを守る立場の「弁護士」という主人公のパートナーがいて、それらすべてを総括して見て最終的に審判を下す「裁判官」という立場の人――これは演劇における「神」に当たるような立場ではないかと思いました。そして、それを傍聴席にいる「傍聴人」という名の「観客」が見ているという構造そのものが、演劇そのもの、演劇の原型なのではないか、と。もっと言えば、「これはほとん

ど〝サラ・コナー〟をめぐって敵対する殺人機械と人間兵士の追撃戦『ターミネーター』と同じだ！」と。（笑）

平岩　おっしゃるようにそういう意味では法廷と劇場はよく似ているかもしれません。いさをさんは今、傍聴人をお芝居の「観客」になぞらえましたが、僕個人の感覚で言うと、「観客」は裁判官なんですよ。

高橋　ほう。

平岩　お芝居も作者の考えなり何なりをストーリーという形で観客に理解してもらうものだと思うんですが、法廷においてそれを最後に伝えなければならないのは、裁判官だと思うので、そこが僕の考えとはちょっとちがうかな、と。僕らのなかでは、大事なのは裁判官であって、傍聴席にいる人は、言葉は悪いけど、ほとんどガヤと言うか、エキストラみたいな。（笑）裁判官が背筋を伸ばして見てくれるような演技＝弁論を心掛けてるってことだと思います。

高橋　そこに平岩さんとわたしの世界観の違いがあるってことですかね。つまり、わたし（演劇）の世界にはすべてを見通すことができる「神」はいるけど、平岩さんの世界（法曹界）にはそんな「神」はいない。（笑）

平岩　そうですね。けれど、それは日本と言うよりアメリカなんかだと成り立つような気がします。アメリカの法廷だと、裁判官の後ろの壁に「神は信じるものとともにある」と書いてあったりする。日本は政教分離の国なので当然、「神」はいない。だから、日本の法廷で「本当のこと」を知っているのは被告人ただ一人と言えるかもしれません。

高橋　「神」が出てきてしまうのは、アメリカ映画の法廷ものが好きでよく見てるせいかな。けど、平岩さんは傍聴席の人を意識して弁論してるわけじゃないってことですよね。

平岩　そうですね。裁判官がどう思ってくれるかが最も重要なわけです。

高橋　なるほど。

平岩　しかし、裁判官も傍聴席が埋まっていないと審議に熱が入らないのも事実だと思いますよ。人がいっぱいいると一生懸命にやる。一生懸命にやるから真実が見えてくるということはあると思います。

高橋　そのへんもまさに演劇の構造と似ていると思います。ずっと前に亡くなった俳優の勝新太郎さんが大麻の不法所持で捕まって裁判になった時、入廷前に弁護士だか誰だかに「今日の客の入りは？」と聞いた話は有名です。さすが勝新太郎。（笑）しかし、演劇も客が入らないと盛り上がらない。客が入らないと役者も本気出して芝居しないのと同じだと思います。

平岩　参加型の演劇ってあるじゃないですか、例えばホテルとか宿泊客も参加してやるようなミステリーの。法廷の傍聴人というのも、そういうタイプの演劇の観客に近いような気がします。

裁判員裁判での弁護のあり方

高橋　ところで、初めて平岩さんが裁判員裁判のとある事件の被告人の弁護をすることになった時、わたしを呼んでくれましたよね。そして、わたしに「舞台の演出家として見て、自分の弁護の仕方についてダメ出ししてほしい」と。

平岩　そうです。

高橋　そんなことをした理由を聞かせてください。

平岩　僕と同じことを考えている刑事弁護士はたくさんいると思いますが、裁判員裁判が始まってから、弁護士たちも「裁判員という観客に、言ってることを理解してもらわないと負けるよね」という風になったんだと思います。そのためには演技力が必要だ、と。ですから、弁護士たちは、ハキハキしゃべってなおかつ説得力のあるしゃべり方とか講習会で研究してたりしますよ。もうほとんど演劇の学校に近い。（笑）僕にはたまたまいさをさんという演劇やってる人が身近にいたので、マン・ツー・マンでそのへんを教えてもらおうと画策したわけです。

高橋　なんてダメ出ししましたっけ？

平岩　「被告人のことを被告人と呼ばずに名前で呼んだ方が好印象を持てる」ということと、「もう少し間を取ってしゃべった方がいい」と。

高橋　なんて偉そうなことを。（笑）

平岩　「大事な台詞だから観客である裁判官や裁判員の心に染み入るように言わないと」ということでした。演劇でもそうでしょうが、確かに心を込めて言う台詞は、間が大事だと思いますね。

高橋　冒頭の話にもつながりますが、裁判員裁判が始まって、弁護人が最も説得すべき人間＝観客は、裁判官から裁判員に移っていっているということでしょうか。

平岩　そうですね。裁判員というのは、演劇に引き付けて言うと、よく知っている身内のお客さんではなく、チケットを買って劇場に来てくれる一般のお客様なわけです。だから、身内だけで通じる言葉だとそういう人には感動してもらえないってことです。別の視点で言うと、劇場（＝法廷）への観客動員は前よりも増えている。

高橋　それはうらやましい。（笑）

弁護士と俳優の共通点は

平岩　暇な時は別の弁護士の弁論を見に行きますが、うまい役者がそうであるようにうまい弁護士はやっぱりかっこいい。（笑）

高橋　俳優と弁護士がとても似ているとわたしが思うのは、どちらも観客（裁判官）に対する説得力が必要だという点です。迫真力をもって、あるいは内面的リアリティをもって台詞が言えないと、どちらも説得されないという点が。

平岩　確かに確信をもって行う弁論は説得力を持つと思います。いい役者は当然、役の背景を想像力で作り上げるんだと思いますが、それと同じで、弁護士も被告人の背景をきちんと理解して、それを信じて弁論していると迫力があると思います。聞いていて引き込まれる。やはり、信じていないと言葉が上っすべりする。

高橋　そんな話を聞くとイヤが上にも思い出すのは『評決のとき』（一九九六年／アメリカ映画）という映画のことです。ご存じですか？

平岩　黒人の女の子のレイプ事件を描いたヤツですよね。いい映画だと思いました。

高橋　あの映画の主人公の弁護士はマシュー・マコノヒーという俳優が演じるんですが、あの弁護士の最終弁論は感動的でした。

平岩　あれは名弁論ですよね。

高橋　マシュー扮する弁護士にもレイプされた黒人の女の子と同い年くらいの女の子の娘がいるという設定になっていて、彼はまるで自分のことのように最終弁論をするわけです。で、何を平岩さんに聞いてみたいかと言うと、ある事件を起こした被告人の弁護を依頼された時、その被告人の置かれた家庭環境と平岩さんの置かれた家庭環境とが非常に似ているという場合はあったりするわけですかね？

平岩　被告人と自分の人生とリンクする部分というのは、どんな事件でもまず探しますね。けど、探しても見つからない場合も多い。例えばレイプとか、強制猥褻《わいせつ》とか、痴漢とか全然わからない。

高橋　わたしはわかるけどな。（笑）

平岩　まあ、感情移入ということで言えば、被告人に感情移入するからいいんだという弁護士と、そんなことなしにクールに付き合わないとダメだという弁護士といろいろですけど。

高橋　へえ、そうなんですか。
平岩　僕が『評決のとき』のマシュー・マコノヒーがいいなと思ったのは、あの最終弁論は、彼の身を切るような贖罪《しょくざい》の言葉に思えたからです。つまり、黒人の父親の弁護活動を通して、彼自身も心のどこかで黒人を差別をしてたことに気付かされ、それを認めた上での最終弁論に聞こえたわけです。そして、白人で占められた陪審員たちに「オレたち白人は間違ってはいなかったか？」と問い掛けている。
高橋　あの映画の結末には満足ですか？
平岩　あれでいいんじゃないですかね。

お薦めの「法廷もの」映画

高橋　平岩さんのお薦めの法廷ものの映画ってありますか。
平岩　たまたま出たんでしょうが、『評決のとき』は五本の指に入るかな。
高橋　へえ。さすが弁護士出身の作家、ジョン・グリシャム（『評決のとき』の原作者）。
平岩　他には、やっぱりいさをさんも大好きな『十二人の怒れる男』（一九五七年／アメリカ映画）。あれは今見ても秀逸なドラマだと思います。
高橋　最近、あの映画の監督であるシドニー・ルメットは亡くなりましたが。
平岩　そうですか。あの人は他にも法廷ものを撮ってませんか。
高橋　撮ってます。例えば、ポール・ニューマン主演の『評決』（一九八二年／アメリカ映画）とか。
平岩　ポール・ニューマンが証人として看護婦さんを探してくるヤツですか？
高橋　そうです。
平岩　あれも面白い。あの監督はやはり法廷ものに強いってことでしょうね。

高橋　他にはありますか。
平岩　法廷ものじゃないんですけど、『セント・オブ・ウーマン／夢の香り』（一九九二年／アメリカ映画）が印象に残ってます。
高橋　アル・パチーノ主演の映画ですね。
平岩　そうです。僕のなかで名弁論と言うと、あの映画でパチーノのやった盲目の退役軍人が最後にやる演説がそうなんです。弁護士志望の方は必見。（笑）あれは、アメリカの司法レベルのやり取りが高校生のレベルに落とし込まれていてとても面白い。最後にパチーノが行う演説でそこにいる高校生全員が立ち上がって拍手する。あの場面の演説は今見返しても身震いがする。
高橋　アル・パチーノはいつの間にか演説役者になりました。『ディアボロス／悪魔の扉』（一九九七年／アメリカ映画）という映画では、大物弁護士、実は悪魔という役に扮してやはり迫力満点の大演説をする。「二十世紀はオレたちの時代だった！」と。（笑）
平岩　アル・パチーノが弁護士になったら凄いでしょうね。（笑）
高橋　そういう意味では、いい弁護士はいい役者たりうるわけですし、いい役者はいい弁護士たりうるということでしょうか。
平岩　そうですね。だからいい意味で弁護士志望の方々は、映画のなかの俳優のそういう説得力のある弁論を学んでほしいと思いますね。弁護士会も舞台の演出家とか呼んでどんどん訓練すればいいのに。
高橋　やらせてもらえるならいくらでも協力します。（笑）

『モナリザの左目』について

高橋　わたしは今まで余りこういうタイプの「社会派ミステリー」みたいなものは書かなかったん

ですけど、こういうのはどうですか？

平岩　興味深いですよ。弁護士の苦悩が描かれている点が、特に。「何か変だ」と思いながらも法廷に立って弁護せざるをえない立場に共感できます。謎を解いてしまった弁護士の苦悩と言うのかな。

高橋　ありがたいお言葉です。

平岩　平田さんには滝島さんという自分の苦悩をぶつける相手がいますけど、僕らには基本的にそういう人間はいないですから。いつもため込むだけと言うか。（笑）

高橋　昨年亡くなった井上ひさしさんがとあるエッセーのなかで「人殺しは悪い。しかし、そんな人殺しの心のなかにある一瞬の善を描くのが文学の役割だ」というようなことをおっしゃっていて「なるほど」と思ったんですけど、そういう意味ではこの芝居にもそういうところがあるような気はします。法廷では立証しにくい人間の心が描かれているという意味においてですけど。どちらにせよ、真実というのは単純なものではなくて相当にややこしい。

平岩　みなさん、法廷ではすべての真実が明らかになると思ってらっしゃるかもしれませんが、法廷で明かされるのは真実の一部、下手をすると真実でさえないかもしれない。では、なぜ裁判をする必要があるかと言うと、やはり、裁判という手続きを人間社会の紛争の最終解決装置として置いておかざるをえないんだと思います。

高橋　なるほど。

平岩　いさをさんが裁判に興味を持つのもよくわかります。確かに法廷は劇場に似ていますよね。なぜならそこいる人たちが自分の人生を賭けて演じている場所とも言えるわけですから。当事者は必死ですが。

高橋　ところで、この芝居に出てくる平田って弁護士は、一応、平岩さんがモデルなんですよ。

平岩　じゃあ、かっこいい弁護士になることを祈ってます。（笑）楽しみです。

（二〇一一年四月二十五日、四谷三丁目のネクスト法律事務所にて）

わたしとアイツの奇妙な旅

人間関係の起点は親子関係であるが、親子関係で形成された人間関係の障害がのちになって最も典型的に露呈するのは、男女関係、恋愛関係においてである。恋愛関係はしばしば親子関係の反復である。

岸田秀『唯幻論物語』（文春新書）より

［登場人物］

○わたし

○アイツ（わたしの男性器）

○女（女教師／女子大生／客室乗務員／看護士／義母）

プロローグ

舞台の片隅にテーブルと椅子が一脚ある以外は何もない。

テーブルの上には小振りの本棚があって、そこに難しいタイトルの専門書（電子工学）が並んでいる。

その前に写真立てに入った写真。

写っているものは観客席からはよく見えないが、子供を抱いた女の写真。

その写真立てには小さなオルゴールが付いている。

その前に一枚のＤＶＤが置いてある。

そのテーブルの脇に男ものの喪服が吊り下げられている。

ここは「わたし」の部屋――あるいは「わたし」の内部。

＊

開演時間が来て、一人の男が舞台に出てくる。

男は、椅子に座り、写真を見つめる。

そして、オルゴールのネジを巻く。

オルゴールの音。

と客席の明かりが暗くなる。

男――わたしは、観客に向かって語りかける。

わたし　劇場に足をお運びいただきありがとうございます。これから少しの間、わたしとお付き合いくださいませ。このお芝居は人間の――いや、男の性をめぐるお芝居です。こっちの「生」ではなくてこっちの――「性」ですね。

と空中に文字を書くわたし。

わたし　ズバリ言うとSEX。ですから女性のお客さんには恐縮ですが、少々下ネタが多いお芝居です。いや、少々と言うより「全編下ネタ一色」と言っても過言ではないかもしれません。ですから、面喰らうところもあると思いますが、あからさまに舞台の上で何かをするというわけではありませんのでご安心ください。楽しんでいただけるにこしたことはありませんが、わたしとしてはかなり真面目な気持ちで、これからみなさんにわたしの物語を聞いていただきたいと思ってます。

わたしは、舞台の隅にある椅子に座る。

わたし　男性のみなさんなら大きくうなずいてくれると思いますが、我々男性は、実に厄介な相棒と付き合っています。付き合いたくて付き合っていると言うより、生まれた時から付き合うことを運命づけられている相棒と言えますか。どんな相棒かおわかりになりますか？

と自分の下半身を見るわたし。

わたし　そうです、こいつです。どんな相棒かは人によって違うんでしょうけれど、わたしの相棒はかなり厄介なヤツであるのは間違いありません。それにしても、こいつのおかげで今までどんなにひどい目にあったことか。こいつさえいなければ、わたしはもっとずっと幸せな日々を送れたにちがいありません。こいつさえいなければ、厄介なトラブルに見舞われることもなく、わたしはもっと平穏な日々を送れたにちがいありません。

とわたしはテーブルの上のＤＶＤを手に取る。

わたし　ところで、ここに一本の映画――エッチなＤＶＤではありません。もうずいぶん前の映画ですが『暴走機関車』というタイトルの洋画です。タイトルからもわかる通り、暴走する機関車の話です。実現はしませんでしたが、この映画は本来は黒澤明監督がアメリカ映画として製作しようとして頓挫《とんざ》してしまったという経緯のあるアクション映画です。最終的にはロシア人の監督が指揮を取ってこのような形で製作され、公開されました。まあ、それはそれとして、この映画では、無人のまま暴走を始めた強大な鉄の塊《かたまり》を何とか止めようとする鉄道当局の人々の奮闘が描かれます。そして、この映画を見た時、わたしはアイツのことをすぐに連想しました。アイツ――つまり、こいつです。（と下半身を見る）

と機関車の走行音。
とわたしの背後に奇妙な男が出てくる。
シルエットになってその姿はよく見えない。

男はゆっくりと機関車のように走行する。

まさか、黒澤監督はそんなイメージでこの映画を作ろうと思ったわけじゃないでしょうけれど、見ようによれば、この映画は暴走するアイツとそれを何とか止めようとするわたしの物語にも見えます。今日は、そんなわたしとアイツの奇妙な旅の物語をご覧いただきます。題して『わたしとアイツの奇妙な旅』——最後までごゆっくりとお楽しみください。

わたし

と頭を下げるわたしとアイツ。

機関車の「ポーッ」という汽笛が聞こえる。

と音楽。「あずさ2号」（狩人）

マイクを出して歌を歌うわたし。

とシルエットの男がそれに加わって歌い出す。

この奇妙な男——頭部に煙突のついた被り物を被っていて全身タイツ（黒色）姿のアイツ
——わたしの男性器である。

アイツは機関車の化け物のようなイメージ。

デュエットする二人。

1～アイツ

歌い終わる二人。

アイツ　どうでもいいけど、なんでこんな歌、歌ってんだよッ。ハハハハ。
わたし　……。

アイツはわたしの周りを機関車の真似をしながら回る。

アイツ　ポーッ！　シュッシュッポッポッポッシュッシュッシュッポッポッ！
わたし　もういいよ。
アイツ　お、障害物だッ。どけどけどけどけッ。

とわたしに体当たりするアイツ。

わたし　痛ッ――ふざけるなッ。

アイツ、ＤＶＤを取り上げる。

わたし　あ――。
アイツ　つまり、お前さんはこう言いたいわけか。オレが暴走機関車で自分はそれを止めようとする機関士だ、と。
わたし　返せよッ。
アイツ　じゃあ止めてみろ、オレを。ポーッ！　シュッシュッポッポッポッシュッシュッシュッポッポッ！

しばらく二人の追いかけっこ。

わたし　（ハアハア言って）……もういいよ。
アイツ　どした、虚弱体質！　そんなことじゃあン時も気持ちよくなれねえぜッ。シュッシュッポッポッシュッシュッポッポッ！

と腰を前後に動かして走るアイツ。

わたし　やめろッ、そんな――下品じゃないか。
アイツ　「下品じゃないか」と来たもんだ。（真似て）「下品じゃないか」「下品じゃないか」――ハハハハ。
わたし　それより何の用だ。
アイツ　いやな、お前が深刻そうにブツブツ独り言、言ってるから大丈夫かなあって思ってな。（とDVDをわたしに差し出す）

わたし　（ひったくるように受け取って）ほっといてくれ。
アイツ　熱でもあるんじゃねえのか。

とわたしのおでこを触るアイツ。

わたし　触るなッ。
アイツ　何か最近、元気ねぇじゃねえか。
わたし　お前には関係ない。
アイツ　そんなことねえよ。オレはお前でもあるんだから。お前が元気ねえってことは、オレも元気ねえってことなんだから。
わたし　お前とオレは違う。
アイツ　けど、オレはお前の一部には違いねえだろ。
わたし　……。
アイツ　そんなにショックだったのかよ。
わたし　何が。
アイツ　親父が死んでだよ。
わたし　……。
アイツ　これからだよな、葬式は。
わたし　ああ。
アイツ　着替えなくていいのかよ。
わたし　まだ時間がある。それに、ここはオレの心のなかだ。時間なんか関係ないところだ。

アイツ　そりゃそうかもしれねえけど——あれッ。

と客席の最前列の女性客のところへ行くアイツ。

アイツ　どうも、はじめまして。どこから来たの？

と観客の女に話しかけるアイツ。

アイツ　いきなりだけど、いい胸してるよね。90くらい？　Eカップ？
わたし　失礼なこと言うのやめろッ。（女性客に）すいませんッ。

とアイツを引っ張り戻すわたし。

わたし　いい加減にしろッ。そんなことしか頭にないのかッ。
アイツ　ないよ、それしか。それ以外のことなんかどーでもいいことだ。
わたし　……。
アイツ　へへへへ。お前はオレのこと気に入らねえみたいだけどな、忘れんなよ。
わたし　何を。
アイツ　オレがいなくなったら困るのはお前なんだぞ。なぜってオレは人間が生きる証《あかし》だからな。
アイツ　ふふふふ。
わたし　……。

アイツ　だから仲良くやっていこうよ、これからも。
わたし　悪いがお前とはもう別れることにしたよ。
アイツ　え？
わたし　なかなか言う機会がなかったけど、ちょうどいい。
アイツ　何を——。
わたし　今までいろいろありがとう。これからも元気でやってくれ。

と行こうとするわたし。

アイツ　ちょちょっと待てよッ。（と止めて）どういうことだよ、別れるって——。
わたし　……。
アイツ　いくら親父が死んだからってそりゃお門違いじゃねえか。
わたし　親父は関係ない。
アイツ　じゃあ何だよ。
わたし　……。
アイツ　えッ。そんな、まさか——えッ。（とうろたえる）
わたし　何うろたえてんだよ。
アイツ　切断するのか、オレを？
わたし　何？
アイツ　ちょん切って男をやめるのか？
わたし　……。

アイツ　それだけはやめてくれッ。一種の殺人だぞ、それは。いや、殺チンだ。第一、そんなことしたらすごーく痛いじゃないかッ。

わたし、アイツの頭をポカリと叩く。

アイツ　あ痛ッ。
わたし　「あ痛ッ」じゃねえよ。誰がお前をちょん切るって言ったよッ。何勘違いしてんだよ。
アイツ　え？　違うの？
わたし　違うよッ。
アイツ　けど、お前――オレと別れるって。
わたし　そういう意味じゃない。
アイツ　じゃあ、どういう意味だよ。
わたし　決めたんだ。
アイツ　何を。
わたし　女とはもう付き合わないって。
アイツ　付き合わない？
わたし　ああ。
アイツ　……。
わたし　だからお前の出番もなくなるってことだよ。
アイツ　……。
わたし　ま、今まではいろいろお世話にもなったけど、そういうことだ。これからはしゃしゃり出

アイツ　ることもなく、ひっそりと暮らしていってくれ。わかったな。
わたし　……。
アイツ　何キョトンとしてんだよ。
わたし　なんで？　なんで女ともう付き合わないの？
アイツ　付き合うといろいろ面倒だからだよ。
わたし　お前、いくつだよッ。八十歳の爺さんが言うならともかく、まだ三十代だろ。バリバリの現役じゃねえかッ。
アイツ　もう現役を引退するんだ。
わたし　引退してどうするって言うんだッ。
アイツ　女の肉体に惑わされることなく、研究にいそしむよ。
わたし　研究？　何の研究だ？

と本棚から一冊の本を取り出すわたし。

アイツ　知ってるだろう、オレの仕事。
わたし　知らない、オレと関係ないジャンルだから。
アイツ　電子工学だよ、エレクトロニクス。
わたし　エレクト？　エロエロ？　クンニリングス？

わたし、アイツをポカリと叩く。

わたし　エレクトロニクスだッ。
アイツ　そんな訳のわかんねえもの研究して何になるんだ？
わたし　お前に言ってもわからないよ。
アイツ　なあ、早まったことするのはやめろよ。そんな若いうちから枯れちまってどうするんだよ。
わたし　どう生きようと個人の自由だ。じゃ元気でやれよ。

とその場を去ろうとするわたし。

アイツ　待てッ。

とわたしの行く手を遮るアイツ。

わたし　どけ。お前にはもう用はない。
アイツ　許さん！　オレの許可なくそんなこと勝手に決めるのはッ。

とわたしに飛び掛かるアイツ。

わたし　放せよ、馬鹿ッ。
アイツ　撤回しろッ。今の発言を撤回するまで放さないぞッ。

わたし、アイツを振り払う。

わたし　ッたく何やってんだよッ。

アイツ　いいか、よく聞けよ。これはお前一人の問題じゃねえんだ。そんな大事なこと勝手に決められて黙っていられるかッ。

わたし　……。

アイツ　だってそうだろう。「女ともう付き合いません」って言われて「ハイ、そうですか」って簡単に引き下がれるか？

わたし　……。

アイツ　つまり、お前の言う通りにしたら、オレは二度と女のアソコに入っていくことができねえってことだろう。そんなことあるかよッ。オレの――チンポの立場も少しは考えてくれよッ。

わたし　何泣きそうになってんだよ。

アイツ　泣きそうにもなるよッ。お前の言ってることは、例えるなら二人で住む家の設計をだな、妻であるオレに相談もせず勝手に全部決めてしまう横暴な旦那みてえなもんだろうがッ。

わたし　よくわからない例えだけど。

アイツ　とにかく――とにかくよく考えてから行動してくれ。頼むッ。この通りだッ。

と土下座して頭を下げるアイツ。

わたし　……。

アイツ　何だよ。

わたし　やけに低姿勢じゃないか。
アタシ　そりゃそうだよ、死活問題だからな、オレの。
わたし　確かにそうかもしれない。
アイツ　え？
わたし　オレの一存で決めてしまうにはちょっとお前に悪いかもしれない。
アイツ　ちょっとどころの話じゃねえよ。メチャクチャ、とめどもなく悪いよ。
わたし　じゃあ、お前は女と付き合いたいってわけか。
アイツ　当たり前じゃねえかッ。わかるだろう、オレのアイデンティティは女との関係を通してしか確認できねえんだ。

わたし　ハハハハ。
アイツ　何がおかしいッ。
わたし　そんな被り物して何がアイデンティティだよ。
アイツ　素敵な被り物じゃねえかッ。手間がかかってんだぞ、これッ。
わたし　……。
アイツ　いいか、よく考えてくれよ。オレが活躍しねえ人生なんてクリープのないコーヒーみたいなもんじゃねえか。
わたし　どうでもいいけど古いな、お前も。
アイツ　古かろうが何だろうがそういうことだよ。味気ねえぞ、オレが頑張らない世界は。
わたし　……。
アイツ　第一、快楽以前の問題としてだよ、オレが頑張らねえと赤ん坊が作れねえじゃねえか。
わたし　まあな。

アイツ　子孫が残せねえんだぞ、オレが出たり入ったりしねえと。
わたし　わかってるよ、そんなことッ。
アイツ　わかっててなんで付き合うのやめるんだよ。
わたし　さっきも言ったろう。面倒になったんだよ、そういうことが。
アイツ　何が面倒なんだよ。
わたし　いろいろだよ。なんであんなに苦労してまで女と付き合わなくちゃいけないのかわからなくなったんだよ。デートだ、メールだ、誕生プレゼントだって——で、結局、エッチしちゃえば、しばらくしてまた次の女に目が行く。その繰り返しだよ。
アイツ　……。

と椅子に座るわたし。

わたし　だから——もういいって。幸いオレには打ち込むべき研究がある。だから、そのエネルギーを女じゃなくてそっちに使おうと思ったんだよ。
アイツ　……。（と溜め息をつく）
わたし　何だよ。
アイツ　あのさ。
わたし　ああ。
アイツ　自分のチンポに言われたくねえだろうけどよ。
わたし　何だよ。
アイツ　お前はまだ本当の愛を知らないいんだと思う。

わたし　……ハハハハ。
アイツ　ハハハハ。
わたし　お前に言われたかないよッ。

とアイツを突き飛ばすわたし。

アイツ　痛ッ。ななな何すんだよッ。
わたし　ふざけんなッ、自分の立場をよく考えてモノを言え！
アイツ　そんな怒るなよ。
わたし　……。
アイツ　あー気に触ったなら謝るよ。悪かったよ。
わたし　（憮然と）……。
アイツ　今、そういうヤツ多いんだよな。
わたし　何？
アイツ　草食系男子っていうのか？　オレは何かそれ、ヘンだと思うんだけど。
わたし　何がヘンなんだよ。
アイツ　だってヘンじゃねえか。女の尻を追いかけてこそチンポ――いや、雄《おす》だとオレは思うけど
な。まあ、オレの立場で言うのもおこがましいけど。ハハ。
わたし　（アイツを見て）……。
アイツ　何だよ。
わたし　いや――。

わたし、立ち上がって遠くを見る。

わたし　お前との付き合いももう長い。お前がそう言う気持ちもよくわかるよ。
アイツ　だろ？
わたし　覚えてるか。
アイツ　何を。
わたし　お前が初めてオレの前に現れた時のこと。
アイツ　さあ――。
わたし　二十年前だよ。
アイツ　二十年前――。
わたし　ああ。まだオレは高校生だった。
アイツ　……。

わたしの回想が始まる。
わたしはその場を去る。
その間にアイツは次の場面のセットを作る。

2～女教師の亮子

チャイムの音。
舞台は放課後の高校の教室。
椅子が二脚、向かい合わせに置かれている。
とそこへ一人の女が現れる。
タイト・スカートにヒールを履いた色っぽい女教師――亮子。
女はファイルを持っている。
女、椅子に座ってファイルを見る。
と、高校三年生のわたしが「失礼します」と言ってやって来る。
わたしは学生服姿で鞄を持っている。

女　どうぞ、かけて。
わたし　ハイ。
とわたしは椅子に座る。
女　ちょっと待ってね。すぐ目を通すから。

とファイルに目を通す女。
女、脚を組み替える。
と「失礼します」という声が聞こえ、アイツがどこからともなく現れる。
今後の場面もそうだが、アイツの姿はわたしにしか見えない。

わたし　何だよ、お前――。
アイツ　ちょっと様子を見にな。へへへへ。
わたし　進路指導の面接中だぞ、お前の出番はない。
アイツ　進路指導だろうが、チンポ指導だろうがお前が望むからオレは出てくるんだぜ。
わたし　そんな――。
アイツ　オレはいつでも待機してるんだぜ、あっち（袖）で。お前の心に邪《よこしま》な思いがよぎるとどこからともなくオレ様は現れる。ふふふふ。
わたし　……。
女　どうかした?
わたし　いえ。
アイツ　こいつ、学校の先生だったのかよ。
わたし　亮子先生だよ、オレのクラスの担任の。
アイツ　ふーん。

と女を観察するアイツ。

アイツ　キャバクラと間違えてんじゃねえのかよ。学校の先生のくせして、こんな短いスカートはいてよ。男子生徒を挑発して喜んでるんじゃねえか。
わたし　失礼なこと言うなよ。
アイツ　あ——こいつまた香水つけてやがるぜ。

と女の匂いを嗅ぐアイツ。

わたし　馬鹿ッ。やめろ！（と止める）

女、顔を上げる。

女　読み終わったわ。
わたし　（席に戻り）ハイ。
女　じゃあ、あなたの希望から言ってちょうだい。
わたし　はあ。
女　進学はしたいのよね。
わたし　ええ。
女　志望の大学は？
わたし　W大か、K大の理工学部に行きたいと。
女　W大は難しいかもしれないけど、K大なら大丈夫じゃないかしら。この成績なら。

わたし　はあ。
女　模擬試験の結果もまずまずだし、あなたのことだから落ちるってことはないんじゃないかな。
わたし　そう言ってもらえると。
女　ま、気を抜かずこれからも頑張れば、きっといい結果が出ると思うわ。
わたし　ありがとうございます。

女、ファイルを閉じる。

女　ごめんね、この前は。
わたし　……。
女　あたし、どうかしてたの。
わたし　……。
女　こんなこと君に言うのはアレだけど、突然、無茶なことしたくなっちゃったの。
わたし　……。
女　私生活でいろいろあって——。
わたし　……。
女　だからもう忘れて、この前のことは。
アイツ　そんなに簡単にいくかよッ。いいか、誘惑したのはお前の方なんだからなッ。
わたし　やめろッ。

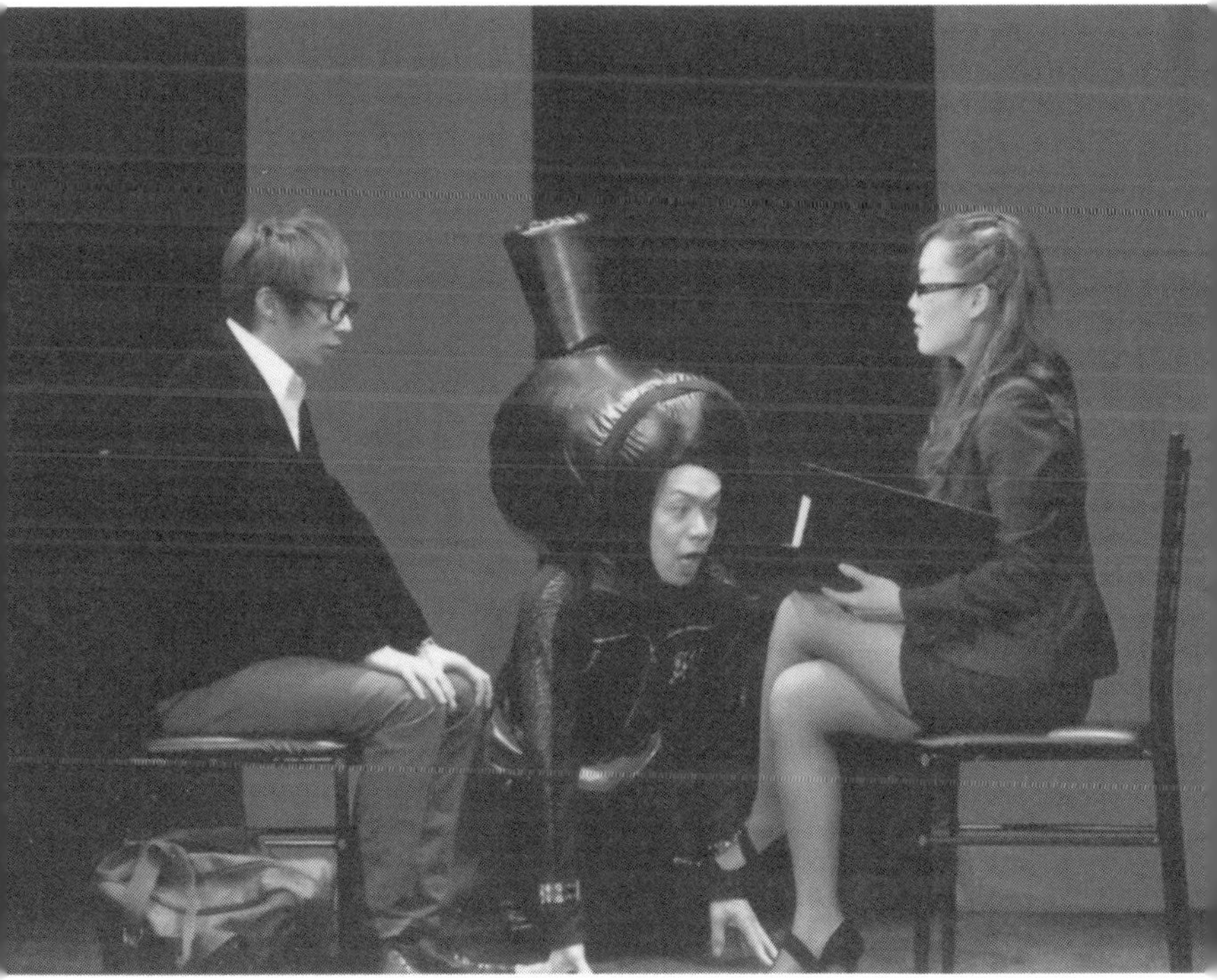

とアイツを止めるわたし。

女　第一、あたしとあなたは教師と生徒っていう関係よ。もちろん、愛し合っていればそんなこと関係ないって最初は思ってたわ。けど、やっぱりイケないと思うの、そういう関係に発展させちゃうのは。
アイツ　馬鹿言うなッ。イケない関係だから燃えるんじゃねえかッ。
女　勝手なこと言ってるかな、あたし？
アイツ　言ってるよッ。要するに学校にバレて職を失うのが怖いってことだろうがッ。
わたし　少し黙ってろよッ。

とアイツを制止するわたし。

女　何とか言ってよ。聞きたいわ、あなたの気持ちも。
わたし　はあ。
アイツ　言ってやれよ、バシッと。「嫌ですッ。あのくらいじゃ我慢できませんッ」って。
わたし　わかりました。
アイツ　おいッ――。（とズッコける）
わたし　先生の言うこともよくわかります。
女　ほんと？
わたし　ええ。いくら愛し合っていたとしても、やっぱり世間的にはよくない関係だと思いますから。

アイツ　何度も言わせるなよッ。よくない関係だから燃えるんだッ。
女　ありがとう。
わたし　結婚するんですか、あの人と。
女　ええ。
アイツ　何だよ、そんな相手がいるのかよ。
わたし　仲直りしたんですね。おめでとうございます。
女　……。
わたし　高校生活のとってもいい思い出です、先生とのこと。一生忘れません。
女　……。
わたし　お幸せに。今日はどうもありがとうございましたッ。

と行こうとするわたし。

女　待ってッ。
わたし　（止まり）……ハイ？
女　嘘よ、嘘なの――みんなッ。
わたし　嘘って――。
女　仲直りなんかしてない、結婚もしないの。
わたし　え？
女　あたしにはあなたしかいないのッ。

女、いきなりわたしに抱き付く。

アイツ　ポーッ！（と汽笛）
わたし　先生——。
女　だからお願い、あたしを強く抱き締めてッ。
アイツ　喜んでッ。

とわたしの股の間を通り抜けて女を抱き締めるアイツ。

女　（陶然と）……。
わたし　馬鹿ッ。やめろ！

とアイツを女から引き離そうとするわたし。

アイツ　嫌だッ嫌だッ嫌だッ。
わたし　離れろ、この機関車野郎！

とアイツを女から引き離すわたし。
倒れるアイツと女。
スカートから覗く女の脚。

アイツ　（それを見て）ポーッ！　シュッシュッポッポッシュッシュッポッポッ！

と再び女に襲いかかるアイツ。

女　あ――ダメよ、ここじゃ。

アイツ　構うもんか構うもんかッ。

女　ダメだってばッ。誰かに見られたら大変なことに――。

アイツ　その方が興奮するぜッ。

あわててアイツを女から引き離すわたし。

わたし　どうもすいませんッ。ほんとにごめんなさいッ。

と女に謝るわたし。

わたし　いい加減にしろッ。ここをどこだと思ってるんだッ。

アイツ　悪いがオレの衝動は時と場所を選ばねえんだッ。

と揉み合うわたしとアイツ。

女、わたしの腕を取る。

わたし　何ですか。
女　保健室に行きましょう。
わたし　でも――。
女　言う通りにしなさいッ。
わたし　……。
女　この前よりもっと気持ちいいことしてあげるから。
アイツ　ポーッ!

とわたしの股間を潜り抜けるアイツ。
そして、女の手を取る。

わたし　おい――。
アイツ　任せとけよ。ふふふふ。ポーッ!　シュッシュッポッポッシュッシュッポッポッ!

女といっしょにその場を去るアイツ。

わたし　……。

とマイクを持った女とアイツが出てくる。
二人は「真夏の夜の夢」(松任谷由実)をデュエットする。
二人のちょっとエロティックなデュエット。

それを呆然と見ているわたし。
わたしは、アイツを何度も止めようとするが、アイツはそれをかわして歌い続ける。
歌い終わって、満足そうにその場を去る女。
舞台に残るわたしとアイツ。

アイツ　いやあ、懐かしいッ。そうそう、そんなことがあったなあ。しかし、学校の保健室っての は燃えるよな。やっぱり特殊なシチュエーションだとココ（亀頭）にも力がぐっと籠るも んだぜッ。ハハハハ。

わたし　……。

と座り込んでしまうわたし。

アイツ　何だよ、そんなショボリして。

とわたしの肩を抱こうとするアイツ。

わたし　触るなッ。
アイツ　何だよ、人がせっかく心配してやってるのに。
わたし　あの時、お前が保健室に行かなければ——。
アイツ　行かなければ何だよ。
わたし　あんな風にみんなの噂になることもなかったし、亮子先生は学校を辞めることもなかったんだ。

アイツ　仕方ねえじゃねえか。

わたし　あの時、変な気を起こさず別れてさえいれば、先生とのことは誰に知られず二人だけの素敵な思い出になったのに。

アイツ　ハハハハ。素敵な思い出と来たもんだ。ロマンチックなヤツだねえ。

わたし　(睨んで)……。

アイツ　そんな睨むなよ。あれはこっちが誘ったんじゃないよ、向こうがその気になったんだぜ。据膳食わぬは何とやらって言うじゃねえか。

わたし　そういう問題じゃないッ。

アイツ　何だよ、後悔してんのかよ。

わたし　してるよ、決まってるだろう。

アイツ　知らないのかよ、「愛とは決して後悔しないことよ」って台詞を。

わたし　そんな被り物したお前にそういうこと言われるとむしょうに腹が立つ。

アイツ、煙突の被り物を頭から取る。

アイツ　ちょっと暑いわ、これ。ハハ。

とタオルで汗を拭いたりするアイツ。

アイツ　あの女、その後どうなったんだ？

わたし　さあな。風の噂で結婚したって聞いたことはあるけど。今はもう幸せなお母さんだよ、きっと。
アイツ　ふーん。ま、お前とのことなんか単なる遊びだったってことだろうな。
わたし　（睨んで）……。
アイツ　ま、こうしてお前はオレと出会い、それからお付き合いが始まったわけだ。
わたし　……。
アイツ　ハハハハ。
わたし　何だよ。
アイツ　あれ覚えてるか。ほら、大学時代にお前に熱上げてたこんな帽子の――。
わたし　千秋ちゃん。
アイツ　そうそう、そんな名前。あの女もいい女だったなあ。
わたし　ふん。
アイツ　砂が混じって痛かったのよく覚えてる。
わたし　砂？
アイツ　そうだよ。海――すっげえ暑い夏だった。
わたし　……。

わたしの回想が始まる。
わたしはその場を去る。
その間にアイツは次の場面のセットを作る。

3〜女子大生の千秋

波の音。
舞台は夏の海辺。
そこへ一人の女が現れる。
水着の上にジャケットを羽織った色っぽい女——女子大生の千秋。
女は帽子を被っていて、手に浮輪を持っている。
女、海を見て息を大きく吸い込む。

女　（奥に）先輩、ほら、こっちこっちッ。

とアロハシャツを着た大学生のわたしがやって来る。

女　見てあれ、あそこ——。
わたし　何？
女　先輩たちの乗ったボート。岩場の横に、ほら。
わたし　（見て）ほんとだ。

女の胸の谷間を見るわたし。

女　おーい！　転覆するなよーッ！　ハハハハ。

と海の方へ手を振る女。
とアイツが出てくる。

アイツ　おーい！　転覆してしまえーッ。ハハハハ。

と海の方へ手を振るアイツ。

わたし　またお前か。邪魔するなよ。
アイツ　オレが邪魔か邪魔じゃないかは事の成り行き次第だぜ。
わたし　……。

アイツは女をジロジロと見る。

アイツ　いいねえ、露出度が高くて。「夏は心のカギを甘くするわ〜御用心！」（と歌う）

わたしはアイツを女から離れさせる。

わたし　離れろ、馬鹿ッ。
女　どしたの？
わたし　ううん。何でもない。

女、海を見ている。

アイツ　どうも、はじめまして。この男の男根です。

と女に手を差し出すアイツ。
わたしはアイツをポカリと叩く。

女　明日で終わりですね。
わたし　何が。
女　この合宿も。
わたし　そうだね。
女　もうすぐ学校が始まると思うと何か憂鬱。
わたし　ああ。

女、わたしを振り返って見る。

女　先輩。

わたし　うん？

女　あたしのことどう思いますか。

わたし　え？

女　あたしのこと嫌いですか。

わたし　そんなことないよ。

女　よかったッ。あたしも先輩のこと好きです。

わたし　……。

アイツ　黙ってないで何とか言えよッ。

わたし　いやあ――。

アイツ　「いやあ」じゃねえよッ。「オレもお前が大好きだッ」――ほら、言えッ。

わたし　オレも君が――好きだよ。

女　ほんとに！

アイツ　ほんとだよッ。その証拠を見せてやろうか。見よ、このオレの漲《みなぎ》ったカラダを！

とわたしの股間から腕を突き出すアイツ。
それを拒むわたし。

女　うれしぃッ。

わたし　けど千秋ちゃんには彼氏がいるじゃないか。ほら、四年生のラグビー部のキャプテンだっけ。

女　別れたんです、この合宿に来る前に。

わたし　え、そうなの？

女　ええ。

わたし　なんで？

女　あたしに好きな人ができちゃったから。

わたし　好きな人？

アイツ　鈍いッ。鈍すぎるッ。お前のことに決まってんじゃねえかよッ。

わたし　それってもしかして――。

女　そうです、先輩です。

わたし　……。

アイツ　何モジモジしてんだよッ。女から告白《こく》られてんだぞッ。バシッと決めてやれよッ。

女　あたしじゃダメですか？

わたし　そんなことないよ。

アイツ　あーもーイライラすんなッ。どけ！

とわたしの股を通り抜けて女を抱き締めるアイツ。

アイツ　ポーッ！　お前が好きだッ。お前が好きだッ。

女　（陶然と）先輩――。

わたし　勝手なことするなよッ。

わたし、アイツを女から引き離す。

勢い余って倒れる二人。
女の大きく開いた胸元。

アイツ　（それを見て）ポーッッ！　シュッシュッポッポッシュッシュッポッポッ！

と再び女に襲いかかるアイツ。
わたし、必死でそれを止める。

わたし　なんでだよッ。なんでそんなにサカリのついた犬みたいなんだ、お前はッ。
アイツ　生きる証と言ってくれッ。

と揉み合う二人。

女　先輩ッ。

揉み合うのをやめる二人。

女　いいですよ、あたし。
わたし　え？
女　先輩となら――。
わたし　けど――。

アイツ　何をためらってるんだよ、いい若者が！　押し倒せッ。ガーンと行け！

女、自分からわたしに抱き付いていく。

わたし　……。

アイツ　ためらうなッ。そのまま唇を奪って押し倒せッ。

アイツ、辺りを見回す。

アイツ　大丈夫だッ。周りに人影なし！　このままイケるぞ！

わたし、女を離す。

わたし　……ごめん。

女　先輩――。

わたし　君のことは好きだよ。それは嘘じゃない。

女　ならどうして？

アイツ　ならどうして！

わたし　その、何て言うか、そういうことは、もう少し付き合ってからでも遅くないんじゃないかな。

女　……。

アイツ　遅いんだよッ。このチャンスを逃したら、二度とヤレねえかもしれねえんだぞ！　まずヤッてみる。ヤッてみて考える。どうしてそういう風に考えられないかなあッ。

と頭（煙突）をかきむしるアイツ。

女　わかりました。そうですよね。
アイツ　オーマイガー！（と絶望する）
女　何かわがまま言っちゃったみたい。ごめんなさい。
わたし　そんなことないよ、全然。
女　付き合ってくれるんですか、あたしと。
わたし　ああ。
女　よかったッ。
わたし　合宿が終わったら二人でデートしよう。
女　うん。
わたし　どこがいい？
女　ディズニーランドかな。
アイツ　あんな餓鬼ばっかりのトコ行って何が楽しいんだよ。ラヴホに直行しようよ、ラヴホにッ。
わたし　オーケー。計画しとくよ。
女　楽しみにしてます。
アイツ　人の話を聞け、ちゃんと！
女　戻りましょう、暗くなってきたし。

わたし　ああ。

　とその場を去ろうとする女。
　わたしは、落ちていた浮輪を拾う。
　そして、女に続く。
　と、アイツに脚をかけられるわたし。

わたし　あ——。

　と態勢を崩すわたし。
　そして、女の胸をむんずと摑んでしまう。

女　キャッ。

　と恥じらう女。

わたし　あ、ごめんッ。そんなつもりじゃ——。
アイツ　ポーッ！　シュッシュッポッポッシュッシュッポッポッ！

　とわたしの股を潜り抜けるアイツ。
　そして、女と腕を組むアイツ。

それを止めようとするわたしに肘鉄を喰らわせるアイツ。

アイツ　（女に）レッツ・ゴー、岩場の陰へ！　ポーッ！

と女を連れ去るアイツ。

わたし　おい――。

とマイクを持った女とアイツが出てくる。
二人は「渚のシンドバッド」（ピンク・レディー）をデュエットする。
二人のちょっとエロティックなデュエット。
それを呆然と見ているわたし。
わたしはアイツを何度も止めようとするが、アイツはそれをかわして歌い続ける。
歌い終わって、満足そうにその場を去る女。
舞台に残るわたしとアイツ。

アイツ　いやあ、懐かしいッ。しかし、海岸の岩場ってのは痛いよな、ゴツゴツして。それと砂がくっつくからやりにくいったらありゃしねえ。ハハハハハ。
わたし　……。
アイツ　何だよ。
わたし　お前のやり口、ほんと強引だなって思ってさ。

アイツ　そういう言い方は心外だなあ。確かにオレはお前の一部分だが、それもお前だってことを忘れるなよ。
わたし　……。
アイツ　それにさ、お前、何か勘違いしてるみたいだけどさ、あの女が（歌い）終わった後の顔ちゃんと見てる？　こういう顔してるんだよ、あのコ。

と女の満足そうな顔を真似するアイツ。

アイツ　ヤッてる時はこんな顔（苦しい）もするけど、最終的にはこんな顔（喜び）になるんだからいいじゃねえか。喜んでるんだよ、みんな。
わたし　だけど、一時の快楽に溺れたから、あの後が大変だったんじゃないか。
アイツ　何だっけ。
わたし　ッたくお前はいいよな。ヤルことだけ考えてりゃいいんだから。
アイツ　……。
わたし　ラグビー部の部長だよ、こーんな（大きい）カラダした。
アイツ　それがどうした？
わたし　あのコ、別れてなかったんだよ、そいつと。
アイツ　そうなの？
わたし　そうだよ。なのにあんなことになっちゃって。要するに彼女は二股かけてたんだよ。
アイツ　へえ。
わたし　あの年のクリスマスだよ。そいつに呼び出されて大変だったよ。

アイツ　どうなったの？
わたし　別れたよ。あんなゴリラ野郎とオンナ取り合うのは真っ平だよ。
アイツ　けどいいじゃねえか。二股だったと言え、お前もお前でいい思いもしたんだからよ。
わたし　いい思いしたのはオレじゃない。主に——お前だ。
アイツ　まあ、そりゃそうだけど。ハハハハ。

と被り物を脱ぐアイツ。

わたし　あのコとの恋も残ったのは後悔だけ。そして、その原因を作ったのは——。
アイツ　ハイ、わたしでございます。悪うござんした。へへッ。
わたし　……あのさ。
アイツ　あン。
わたし　いちいちそれ（被り物）脱ぐのやめてくれないか。
アイツ　暑いんだよ。
わたし　じゃあなんでそんなモン被ってるんだよ。
アイツ　オレがオレらしくあるためにだよ。
わたし　ケッ。
アイツ　お前だぜ、オレのことを暴走機関車になぞらえたのは。だからこういうイメージにしてみたんだ。ハハハハ。どうだ、お前も被ってみるか。

と被り物をわたしに差し出すアイツ。

わたし　馬鹿言えッ。（と拒絶する）
アイツ　何だ、そんな汚ねえもんを扱うみたいに。へーんだ。いいよ、お願いされても二度と被らせてやらねえから。
わたし　誰がそんなもんーー。

アイツ、汗を拭いて被り物を被る。

アイツ　ひとつ意見を言いてえんだけど。
わたし　何だよ。
アイツ　お前が女とそういう関係になって後悔したことがあるのはよーくわかったよ。
わたし　そりゃどうも。
アイツ　けど、後悔ばかりじゃねえだろ。
わたし　……。
アイツ　そうなって女の素晴らしさを知ったことだってあるだろう？
わたし　まあ。
アイツ　ほら、例えばあの女なんか最高だったじゃねえか。
わたし　誰のことだよ。
アイツ　ほら、飛行機で知り合ったーー。
わたし　飛行機？
アイツ　そう、あのアテンションプリーズだよ。あの女とヤッた時も興奮したなあ。

わたし　……。

わたしの回想が始まる。
わたしはその場を去る。
その間にアイツは次の場面のセットを作る。

4～客室乗務員の鈴子

飛行機の着陸音。
舞台は飛行機内の客室付近。
横向きの椅子が二脚。
そこへ一人の女が現れる。
紺色の制服、スカーフを首に巻いた色っぽい客室乗務員――鈴子。

女　ご搭乗ありがとうございました。お気をつけて行ってらっしゃいませ。お疲れ様でした。お疲れ様でした。

と架空の乗客に挨拶する女。
とジャケット姿のわたしがボストン・バッグ片手にやって来る。

わたし　あの、すいません。
女　ハイ、どうされましたか。
わたし　携帯電話を落としちゃったみたいなんですけど。
女　お席はどちらでしたでしょうか。

わたし　この席です。

と座席を指差すわたし。

女　少々お待ちください。

と座席の周辺を探す女。
腰を折ってかがんだ尻が色っぽい。

わたし　（それを見て）……。

と「ポーッ！　シュシュポッポシュシュシュポッポ！」と言いながらアイツがやって来る。

わたし　来ると思ったよ。
アイツ　見てみろよ、この尻ッ。いい形してるなあ。

と女の尻を撫でようとするアイツ。

わたし　馬鹿ッ。やめろ！（と制止する）
女　見当たらないようですけど――。
わたし　そうですか。

女　ここ以外で落とされた可能性はありますか？
わたし　さあ、どうかな。
女　トイレには行かれましたか？
わたし　行きましたけど。
女　じゃあ、しばらくここでお待ちください。あっち見てきますから。
わたし　お手数かけてすいません。

女はその場を去る。

アイツ　なんでかな。
わたし　あン？
アイツ　なんであいう制服っていうのはオレを刺激するのかな。
わたし　知るかよ、そんなこと。
アイツ　考えたことない？
わたし　ないよ、そんなこと。
アイツ　オレはある。そして、このような結論に達した。聞きたいか。
わたし　いいや。
アイツ　問題は制服という様式にあると思うわけだ。
わたし　いいやと言ったんだ。
アイツ　女の生々しい肉体が制服という様式によって覆い隠されている。その生身と様式のせめぎ合いが何とも言えぬエロさを醸し出す――聞いてんのかよ、人の話ッ。

と女が戻って来る。

わたし　どうでしたか。
女　これですか？

と携帯電話を出す女。

わたし　あ、そうです。
女　あっちのトイレの洗面所に。
わたし　助かりましたッ。ありがとうございます。
女　どういたしまして。お気をつけて。
わたし　じゃあ――。

とその場を去ろうとするわたし。
それを止めるアイツ。

わたし　何だよ。
アイツ　「何だよ」じゃねえよ。いいのかよ、このままこの女と別れて。
わたし　このままって――。
アイツ　お前、飛んでる最中もずっとこの女のことチラチラ見てたじゃねえか。
わたし　……。

アイツ　タイプなんだろ、お前の。なのにこれでバイバイじゃ悲しいじゃねえか。
わたし　どうしろって言うんだよ。
アイツ　誘え。
わたし　え？
アイツ　誘うんだよ、デートに！
わたし　いきなりそんな――。
女　どうかされましたか？
わたし　いえ、何でもないです。

アイツが女の前に来る。

アイツ　ところで今晩は暇ですか。よかったら僕とエッチなことをたくさんしてみませんか。

わたしはアイツに飛び蹴りをする。
それをかわすアイツ。
わたしは倒れてその場に蹲《うずくま》る。

女　（駆け寄り）おおお客様、大丈夫ですかッ。
わたし　すいません、ちょっと滑ってしまって。ハハ。
女　歩けますか。
わたし　大丈夫です。お手間を取らせてほんとにごめんなさい。お邪魔しました。

と行こうとするわたし。

女　あの——。
わたし　ハイ？
女　よかったら握手していただけますか。
わたし　え？
女　あたし、先生のファンなんです。論文書かれてますよね、電子工学に関する。
わたし　ええ。
女　すばらしい論文だと思いましたッ。
アイツ　どどどどどーいう展開だッ。
女　ですからお願いしますッ。
わたし　そりゃ構わないけど。

女、わたしと握手をする。

女　ありがとうございますッ。
わたし　いや、そんな。
女　ヤだ。
わたし　何か？
女　先生と握手したら——。

わたし　握手したら？
女　そんなの恥ずかしくて言えませんッ。

と恥じらう女。

アイツ　どんなのだッ。教えてくれッ。どんなのだッ。
女　わたくし、鈴子と言います。スズって呼んくださいッ。
わたし　はあ。
女　あの、さしでがましいようですけど。
わたし　ハイ。
女　よかったら空港のロビーでお茶でもいかがですか。
わたし　……。
女　いえ、お忙しいならいいんです。けど、飛んでる間もずっとそんなことができたら最高だななんて思ってたものですから。
わたし　申し訳ないけど、これから大学の研究室に戻らなきゃいけないんで——。

とアイツはわたしを突き飛ばす。
わたしは女の尻をむんずと摑んでしまう。

わたし　あ、すいませんッ。
アイツ　ポーッ！

とわたしの股を潜り抜けるアイツ。

アイツ　喜んでお付き合いしますよッ。お茶の後はおいしいディナーを。そして、その後はわたしの出番です。ふふふふ。

女　ありがとうございますッ。

アイツ　じゃあ行きましょう。

女　ハイッ。

アイツ　ポーッ！　シュシュポッポッポッシュシュシュシュポッポッポッ！

とわたしに一撃を加えて、女と肩を組んでその場を去るアイツ。

わたし　（見送って）……。

とマイクを持った女とアイツが出てくる。
二人は「浪漫飛行」（米米CLUB）をデュエットする。
二人のちょっとエロティックなデュエット。
それを呆然と見ているわたし。
わたしは何度もアイツを止めようとするが、アイツはそれをかわして歌い続ける。
歌い終わって満足そうにその場を去る女。
舞台に残るわたしとアイツ。

アイツ　いやあ、懐かしぃッ。覚えてる覚えてるッ。しかし、「すばらしい論文だと思いましたッ」には参ったよな。いやあ、書いておくもんだね論文はッ。ハハハハ。

わたし　……。

アイツ　何だよ。

わたし　いや、お前はいいなあって思ってさ。

アイツ　何が。

わたし　歌って踊って楽しそうで。

アイツ　楽しいよ。楽しくなくて何の人生だッ。ハハハハ。

わたし　（溜め息）

アイツ　溜め息なんかつくなよッ。

わたし　……。

アイツ　よかったろう、あの女？　何よりも尻の形が最高だった。聞いてくれ。あの女とヤッて以来、オレは桃が大好きになったんだ。

わたし　どうでもいいよ、そんなこと。

アイツ　なんでだよ。なんでそう悲観的に物事を捉えるんだよ。フライト・アテンダントとの束の間の情事——ほら、あの後一度、客の目盗んで飛んでる飛行機のトイレでヤッた時のこと覚えてるか？　あん時、オレがどう思ったか聞いてくれ。

わたし　どう思ったんだ？

アイツ　空に舞い上がるかと思ったよ。ワハハハハ。

わたし　……。

アイツ　笑えよ。とっても面白いこと言ったんだから。
わたし　そりゃ楽しいこともあったよ。
アイツ　だろ？
わたし　けど、楽しいのも束の間、あの後が大変だったじゃないか。
アイツ　何が大変だったんだ？
わたし　向こうはしょっちゅう外国だよ。で、すれ違いで会えなくて。
アイツ　会えなくて何だよ。

わたし、架空のナイフで手首を切る。

わたし　彼女がそんな思い詰めるタイプだとは知らなかったよ。
アイツ　へえ、そんなことがあったんだ。
わたし　そうだよ。いつまで経っても風呂から出てこないから嫌な予感がして、ドアをこじあけて――覚えてないのかよ。
アイツ　全然。
わたし　救急車、呼ぼうとしたら嫌だって言うから、仕方なくタクシー拾って。夜中の三時だよ。
アイツ　オレは事が終わって小さくなってぐっすり眠ってる頃だな。ハハハハ。
わたし　ふざけるなッ。お前は自分でやることだけやってさっさと眠ってるのに、なんでオレがその尻拭いしなきゃいけないんだよ。
アイツ　快楽には代償が付き物ということだな。ハハハハ。
わたし　いけしゃあしゃあと。

アイツ　ところでさ、ひとつ気付いたことがあるんだが言っていいか。
わたし　どうせくだらないことだろ。
アイツ　聞かないうちから決め付けるなよ。
わたし　何だよ。
アイツ　今まで三人、出てきたよな、オレとナニした女が。
わたし　ああ。
アイツ　一人目は学校の先生、二人目は女子大生——で、今のが客室乗務員。
わたし　だから何だよ。
アイツ　みんなよく似てると思わないか？
わたし　……。
アイツ　もちろん、着てるもんとか髪型とかしゃべり方とかは違うよ。オレの立場で言うと、感じる場所も全部違う。先生は太股、女子大生はオッパイ、客室乗務員はお尻——。
わたし　……。
アイツ　けど、みんな同じ女のように似てる。
わたし　ハハハハ。そんな馬鹿な。
アイツ　いや、オレは断然、そう思う。
わたし　仮にそうだとして、だったら何だって言うんだよ。
アイツ　あの三人に共通するものは何か？
わたし　……。
アイツ　ま、どうでもいいか、そんなこと。ハハハハ。
わたし　彼女はどうなんだよ。

アイツ　何？
わたし　ほら、オレが入院した時に出会った看護士の――。
アイツ　看護士？
わたし　そう、美香ちゃんだよ。彼女は今までの女とは全然違うタイプじゃないか。
アイツ　どんな女だっけ？
わたし　こんな女だよ。

わたしの回想が始まる。
わたしはその場を去る。
その間にアイツは次の場面のセットを作る。

5～看護士の美香

病院内に流れるアナウンスと喧騒。
舞台は病院の休憩所。
長椅子がひとつ。
そこへ一人の女が現れる。
白衣を着た看護士——美香。
黒縁の眼鏡をかけた引っつめ髪の全然色っぽくない女。
女はバインダーを持っている。
とそこに入院着を着たわたしがやって来る。
そして、長椅子に腰掛ける。
女、ウロウロしている。

わたし　どうかしましたか？
女　あ——いやあ、15号室の患者さんの検査しなきゃいけねえんですけど、場所がわかんなくて。

東北弁だろうか、女は極端に訛《なま》っている。

わたし　僕ですけど。
女　ハイ？
わたし　15号室の患者さん。
女　あ、そうですか。すいません、そっちから出向いてもらったみたいで。
わたし　いいえ。病室に戻りますか。
女　結構です。道がわかんなくなると面倒なんで、ここで。
わたし　そうですか。
女　じゃあ、これで熱計ってください。

と体温計を出してわたしに渡す女。
とアイツが出てくる。

アイツ　よおッ、元気か。

アイツ、女をまじまじと見る。

アイツ　……じゃオレはこれで。

と行こうとするアイツ。

わたし　ちょっとッ。
アイツ　（止まって）……。
わたし　なんで行くんだよ。
アイツ　なんでって今日はオレは用はないって言うか。
わたし　なんで用がないんだよ。
アイツ　なんでって――。
わたし　いいから来いよ。
アイツ　遠慮しとくよ、今日は。
わたし　ダメだ。ここへ来いッ。これは御主人様の命令だ。
アイツ　……。

アイツ、渋々とわたしの横に座る。

わたし　そりゃいくら何でも失礼なんじゃないか。
アイツ　何が。
わたし　差別だろ、それは。
アイツ　差別も何も反応しねえんだから仕方ねえじゃねえか。
わたし　いい機会だ。人生にはいろんなことがあるんだ。こういう場面を経験しておくのも大切なことだ。
アイツ　……。
女　もういいですかね。

とわたしから体温計を受け取る女。

女　（見て）……。

女、わたしの顔を両手で持つ。

わたし　何々何々ッ。

そして、いきなりわたしのおでこに自分のおでこを当てがう。

女　熱はないみたいですね。
わたし　ああ——そうですか。
女　食欲はありますか。
わたし　ハイ。
女　睡眠は？
わたし　十分寝ました。
女　なるほど。

とバインダーの紙に書き込む女。

女　性欲はありますか。

わたし　ハイ？

女　性欲です。えっちなことしたいですか。

わたし　さあ、どうかな。

女　ちゃんと答えてくださいッ。

わたし　ハイ、あります。

女　処理はしてますか。

わたし　何をですか。

女　性欲です、話ちゃんと聞いててください。

わたし　すいません。

女　処理です、してますか。

アイツ　してます。夜中にこっそりと。へへへへ。

わたし　おい――。

女　なんですか。

わたし　……してます。

女　どんな方法で？

わたし　どんなって――なんでそんなこと聞くんですか。

女　あなたの健康を心配してるからです。

わたし　けど――。

女　じゃあ質問を変えます。大変ですか。

わたし　何がですか。

女　何度も言わせないでください、性欲です。
わたし　まあ、何日もここにいるとやっぱり。
女　看護士さんにムラッとなることは？
わたし　まあ、時々。
女　どういうところに？
わたし　いいじゃないですか、そんなこと。ハハ。
女　よくありませんッ。聞きたいんです、あたしは、あなたが看護士さんのどんなところにムラムラしてしまうのかを。
わたし　こう、布団をかけてもらう時なんかに、病室で――。
女　布団をかけてもらう時なんかに、病室で――。
わたし　接近しますよね、看護士さんと。
女　しますね、接近。
わたし　ふっと化粧の匂いなんかするとね。ハハ。
アイツ　わかるッ。ふっとくすぐるんだよな、野郎ばかりの部屋にいるから特に。

女、わたしの膝の上に乗る。

わたし　（びっくりして）……。
女　どうですか。
わたし　ハイ？
女　くすぐりますか、あなたを、わたしの体臭が。

わたし　さあ。

女、わたしを抱き締める。

女　これならどうですか。
わたし　くくく苦しいですッ。
アイツ　ハハハハハ。
わたし　笑ってないで何とかしろッ。
アイツ　もうそのへんで——そのへんで勘弁してやってくださいよ、看護士さん。

とわたしは女を押し退けて逃れる。

女　あ、すすすすいません、失礼なことをッ。
わたし　ほんとですよッ。いったいどういうことですか、これはッ。
女　気に触ったなら謝ります。けど——。
わたし　けど何ですか。
女　もし溜まっているならお手伝いしてさしあげようかと思ったので。
わたし　お手伝い？
女　すいませんッ。とてもはしたないことを言ってるということはよーくわかってます。けれど、昨日、病院の屋上で夕陽を眺めてるあなたの横顔を垣間見たら、ふとそんなことでもしてあげれば喜んでくれるのではないか、と。

アイツ　垣間見るんじゃねえよッ、横顔を勝手に！　気持ち悪《わり》いッ。
わたし　……。
女　ごめんなさいッ。あたし、まだこの病院に来て日が浅くて、まだいろいろよくわかんなくて。それに先週、付き合ってたお医者さんにフラれてむしゃくしゃして——だから、すごく寂しいということも手伝ってこのような破廉恥な言動を取ってしまい、まことにもって何と言うか——。
アイツ　いい加減にしろッ。オメーみたいなズーズー弁のブスにそんなことしてほしいなんてこれっぽっちも思わねえんだよッ。
わたし　いいですよ。
アイツ　そうだよ、いいんだよッ——ななな何だと！
女　ほんとですかッ。
わたし　こんなこと言うと照れますけど。
女　ハイ。
わたし　ずっと可愛いなって思ってました。
アイツ　嘘つくなッ、嘘を！
わたし　だから、こちらこそよろしくお願いします。
女　そんな、やめてください。
わたし　けど、ほんとにいいんですか。
女　いいですよ、全然ッ。減るもんじゃないし。ハハハハハ。
わたし　ハハハハハ。
女　どうやってやりますか？

わたし　それは任せます。
女　わかりましたッ。
わたし　お名前、何でしたっけ？
女　美香です。美しく香ると書いて美香。
アイツ　ワキガのくせしてふざけんなッ。
女　じゃあ、あっちの個室、準備してきます。
わたし　個室？
女　ハイ。さっき患者さんが一人、ポックリ亡くなったんで、空き部屋が。
わたし　なるほど。
女　ふふふふ。天国に行かせてあげますよ。

とその場を去る女。

アイツ　ゲゲーッ。（と嘔吐する）
わたし　何吐いてんだよ、馬鹿ッ。
アイツ　嫌だ、あんなのとヤルのは嫌だッ。

とわたしに取りすがるアイツ。

わたし　試練だと思えッ。
アイツ　あ、もしかして――。

わたし　もしかして何だよ。
アイツ　オレへの嫌がらせのつもりかッ。
わたし　だったら何だ。
アイツ　……。
わたし　いつもいい思いだけしてるんだ。たまには辛いことも経験しないと成長しないぞ、ペニスとして。
アイツ　嫌だッ。助けてくれッ。あんな女の前じゃ絶対ふにゃふにゃのままだッ。
わたし　だからそれを試してみるんだよ。いい機会だ。

と女が戻ってくる。

女　大丈夫です。行きましょう。

わたし、アイツを自分の股に通し、女の前に押し出す。
逃げようとするアイツ。
それを捕まえる女。

女　楽しみにしててね。ふふふふ。
アイツ　（元気なく）ポー。シュシュポッポッ……。

とアイツを連れて去る女。

わたし　（見送って）……ふふ。

とマイクを持った女とアイツが出てくる。
二人は「天城越え」（石川さゆり）をデュエットする。
二人のちょっとエロティックなデュエット。
しかし、今回は完全に女のペース。
アイツは途中、何回も歌詞を忘れて黙り込む。
女、それを励まして歌う。
歌い終わる二人。

女　もっと頑張ってよッ。

とアイツの頭を叩いて不満足そうにその場を去る女。
舞台に残るわたしとアイツ。

わたし　ご苦労様でした。
アイツ　……。
わたし　「もっと頑張ってよッ」――あれには傷つくよな、やっぱり。ハハハハ。
アイツ　笑い事じゃねえよッ。嫌な思い出、思い出させやがって。
わたし　だってお前が変なこと言うから。

アイツ　何？
わたし　言ったろう、オレが付き合うのはみんな同じような女だって。
アイツ　ああ、そのことか。
わたし　全然違うじゃないか、今の女の人なんか。
アイツ　まあ、な。
わたし　これでわかったろう？　共通するものなんかないんだよ、てんでんバラバラ、よりどりみどりだ。ハハハハ。

と椅子に座るわたし。

アイツ　……。
わたし　何だよ、まだ何か言いたそうだな。
アイツ　もちろん、今の看護士は今までのタイプとは違う。けど、やっぱりどこかが——。
わたし　どこが似てるんだよ。そもそも、お前、彼女に対しては全然役に立たなかったじゃないか。
アイツ　それとこれとは別問題だッ。

アイツ、座って被り物を脱ぐ。

わたし　また脱ぐのかよ。
アイツ　歌うと暑くなるんだよ。それに蒸れる素材なんだよ、これ。

わたし、どこからか飲み物（ペットボトル）を出して飲む。
そして、テーブルの上の写真立てを見る。

わたし　飲むか、お前も。

とペットボトルを差し出す。

アイツ　……。
わたし　何黙ってんだよ。
アイツ　いや、考えてるんだよ。
わたし　何を。
アイツ　だから共通点をだよ。
わたし　またその話かよ。
アイツ　いきなり妙なことを聞くけどよ。
わたし　ああ。
アイツ　お前のお袋ってどんなヤツだった？
わたし　お袋？
アイツ　ああ。
わたし　どんなって――普通の母親だったんじゃないのか。
アイツ　死んだのはずいぶん昔だったよな。
わたし　ああ。

アイツ　いつだっけ?
わたし　オレが中学生の時。
アイツ　てことはお袋はまだ三十代。
わたし　三十三歳だったよ。
アイツ　交通事故だったよな。
わたし　ああ。
アイツ　で、お前は親父に育てられた。
わたし　ああ。
アイツ　親父は大学の先生だったよな。
わたし　そうだよ。
アイツ　再婚したのか、別の女と?
わたし　したよ、オレが高校生の時にな。
アイツ　相手はどんな女だ。
わたし　オレの精神分析しようっていうのかよ、ペニスの分際で。
アイツ　質問に答えろ。
わたし　教え子だよ、親父の。年の差、二十だ。
アイツ　……。
わたし　ハハハハ。つまり、お前はこう言いたいわけか、オレが好きになる女はみんなオレのお袋と同じ何かを持っている、と。
アイツ　さあな。けど、端《はた》で見てる方が当人より事の真相がよく見える場合もある。
わたし　当人だろうが、お前も。

アイツ　けど、お前とは立ち位置が違うからな、オレは。
わたし　ハハハハ。笑わせるぜ。じゃあ、答えてやるよ。お袋は全然あんなタイプじゃない。
アイツ　……。
わたし　もうその話は終わりだ。

と、立上がり喪服に着替えるわたし。

わたし　どっちにせよ、これでわかったろう。お前のおかげでオレがどんな大変な目にあってきたかが。
アイツ　何着替えてんだよ。
わたし　時間だ。もうすぐ葬儀が始まるんだよ。
アイツ　ほんとにそうなのか？
わたし　何？
アイツ　ほんとに付き合うのが面倒だから女に会わないのか？
わたし　そうだよ。
アイツ　何か隠してないか、お前、オレに？
わたし　何を。
アイツ　だから理由だよ、オレと別れたいなんて言い出した。
わたし　……別に。

わたし、行こうとして、

わたし　ま、場所が場所だ。大丈夫だと思うけど、しばらくおとなしくしててくれよ。
アイツ　……。

とその場を去るわたし。
次の場面を作ってから去るアイツ。

6～義母の和代

僧侶の読経の声が聞こえる。
舞台は「わたし」の実家の和室。
座布団が二つある。
骨箱を持った女がゆっくりと出てくる。
和装の喪服姿の色っぽい四十代の人妻――和代。
和代はわたしの父親の再婚相手＝義母である。
読経の声が消え、雨音が聞こえる。
と架空の弔問客を送り出す女。

女　本日はわざわざどうもありがとうございました。お気をつけてお帰りください。――ハイ、そのように。どうかよろしくお伝えくださいませ。ごめんくださいませ。

と座布団に座る女。
そこに喪服を着たわたしがやって来る。

女　ご苦労様。お友達はもう帰ったの？

わたし　ああ。
女　あなたも疲れたでしょ。お茶でも飲む？
わたし　いいよ。
女　そう。
わたし　……。
女　雨でもたくさん来るもんなのね。
わたし　え？
女　弔問《ちょうもん》しに来る人。
わたし　ああ。
女　とても人徳があったってことがよくわかったわ――家庭以外じゃ。ふふ。
わたし　……。
女　ふふふふ。三人いた。
わたし　え？
女　あの人と関係のあったオンナ。
わたし　……。
女　とっても不思議。挨拶しただけでもわかるもんなのね。ふふ。

と弔問客のいた方を見る女。

わたし　それより話があるんだ。
女　何よ、改まって。ふふ。

わたし　……。
女　でも、ややこしい話なら明日にしてね。今日は母さんも疲れてるから。
わたし　……。
女　ふふ。その顔はどうやらややこしい話みたいね。
わたし　……。
女　あたしとのこと？
わたし　ああ。
だと思った。
女　……。
わたし　そうね。ちょうどいい機会ね。
女　……。
わたし　もう正直に言ってもいいのよ、あなたの本当の気持ちを。
女　……。
わたし　あの人はもういないの。気兼ねすることないわ。

と骨箱を見る女。

わたし　……。

とアイツがそろそろと出てくる。

アイツ　ねねねね。
わたし　何だよ。
アイツ　たぶんオレの出番じゃないってことはわかってるんだけど。
わたし　けど何だよ。
アイツ　何かとても気になる発言してなかった、今？
わたし　何が。
アイツ　「もう気兼ねすることない」とか何とか。
わたし　そう言ったよ。
アイツ　この女、アレだろう。お前の母親だろ。
わたし　そうだよ。義理の母親の和代。
アイツ　それってもしかして——。

アイツ、「二人は愛し合ってるってこと？」とゼスチャー。

わたし　ああ。
アイツ　ままマジかよッ。いつから？
わたし　親父が入院してからだ。
アイツ　……へぇ。

とその場から去ろうとするアイツ。

わたし　待てよッ。
アイツ　嫌だッ。いくらオレでもそれだけは勘弁してくれよッ。
わたし　オレたちがどうなるかは、これからのやり取り次第だ。
アイツ　けど。
わたし　いいからッ。

とアイツを座らせるわたし。

女　話、聞いてるの？
わたし　あ、ごめん、もう一度、お願い。

と態勢を整えるわたしとアイツ。

女　もう言ってもいいって言ったの、あなたの本当の気持ちを。
わたし　……。

雨――。
わたし、懐から一通の手紙を出し、女に渡す。

女　何、これ。
わたし　取ったんだ、電子工学の論文で。

女　え？

わたし　学会賞だよ、前に言ってた。

女　（読んで）……そう。おめでとう。

わたし　ありがと。

女　外国に？

わたし　ああ、行こうと思ってる。

女　……そう。じゃあ、あなたともしばらくはお別れね。

わたし　ああ。

女　残念だったわね、お父さんに報告できなくて。あなたがそんな賞取ったこと知ったら凄く喜んでくれたでしょうに。

わたし　……。

雨——。

アイツ　あの。

わたし　何だよ。

アイツ　やっぱりオレはここにいない方がいいんじゃないかな。

わたし　なんで？

アイツ　なんでって——何かすごい大人っぽいって言うか、間《ま》が大事な場面のような気がするし、雨もいい感じで降ってるし、こんな格好（煙突）してる自分がすべてをぶち壊しているような気がして——。

わたし　いいからここにいろ！
アイツ　……。
女　じゃあ、なおさら。言ってちょうだい、あなたの本当の気持ちを。
わたし　……。
女　この人の前で。

と骨箱を手元に引き寄せて撫でる女。

アイツ　ハイ。（と手を挙げる）
わたし　何だよ。
アイツ　興奮すると言うより、縮んできています――以上。
わたし　馬鹿ッ。
女　言いにくい？
わたし　……。
女　じゃあ、あたしから言うね。

とわたしに身を寄せる女。

女　抱いて、ここで――あの人の見てる前で。
アイツ　ままマジかよッ。喪服の義母が喪服の義母が――エロいッ。エロすぎる！　ポーッ！　ポーッ！　ポーッ！

と驚愕して興奮するアイツ。

女　けど、約束して。

わたし　何だよ。

女　今日が最初で最後。これで終わり。

わたし　……。

女　明日からは何もなかったように生きていくの。

わたし　……。

女　それがあたしの出した答えよ。

わたし　……。

女　どう、今ここであたしを抱ける?

アイツ　そんなことするな!　そんなことしたら人間として最低だぞ!　人非人《にんぴにん》だ!　故人が何て思う?　ひどいよ、それはひどすぎるよ、いくら何でも!

と骨箱を振り回してわたしを制止するアイツ。

とわたしはスッと立ち上がる。

わたし　(アイツに)許してくれ。

と言って女の手を取ってその場を去る。

アイツ　（驚愕して見送り）なんてことだ……。

とマイクを持ったわたしと女が出てくる。
二人は「ラブ・イズ・オーバー」（欧陽菲菲）をデュエットする。
二人のとてもエロティックなデュエット。
それを呆然と見ているアイツ。
歌い終わって、満足そうな顔でその場を去る女。
舞台に残るわたしとアイツ。

7～わたしとアイツ

骨箱を抱いて泣いているアイツ。
わたし、ペットボトルの水を飲む。

わたし　飲むか。
アイツ　不潔よ不潔ッ。悪魔ッ。鬼ッ。畜生ッ。なんてひどい男なの、あなたは！

と清純な女子高生のようになって、わたしをペシペシと叩くアイツ。

わたし　痛ッ、やめろよ、もう。
アイツ　いい、あなたのしたことは地獄に落ちてもおかしくないくらいのことなのよッ。
わたし　わかってるよ。
アイツ　わかってるじゃないわよ。お父さんの気持ちも考えなさいよッ。そんな——自分の妻が息子とそんなことになってたら、もうどーいう気持ちよ！
わたし　汗すごいよ。脱げよ、それ（煙突の被り物）——。
アイツ　そんなことはどーでもいいのよッ。
わたし　まあ、落ち着けって。

アイツ　（ハアハア言っている）

わたし、骨箱を手に取る。

わたし　お前の言うこともよくわかるよ。けど、親父も表面《おもてづら》はいっぱしの大学教授って顔してたけど、裏じゃずいぶん遊んでたらしいから自業自得ってトコもあったんじゃないかな。

アイツ　正当化しないでよッ。自分のしでかしたこと棚に上げてッ。

わたし　だからもう二度としないよ。これで終わりだ。

アイツ　あああ当たり前よッ！　不潔よ不潔ッ。悪魔ッ。鬼ッ。畜生ッ。なんてひどい男なの、あなたは！

わたし　まあ、飲めよ。それ（被り物）も取って。

わたし、アイツの被り物を奪い取るように外す。

アイツ、わたしからペットボトルをひったくる。

アイツ　（飲む）

わたし　……。

アイツ、ペットボトルを放り投げる。

わたし、骨箱をテーブルの上に置く。

わたし　お前には感謝してるよ。

アイツ　……。

わたし　こうして昔を思い出させてくれて、いろいろわかったような気がする。

アイツ　……。

わたし　お前の言う通りかもしれない。

とわたしは写真立てに付いたオルゴールのネジを巻く。

わたし　亮子先生、千秋ちゃん、鈴子さん、美香さん――そして和代さん。

オルゴールから漏れる曲。

わたし　みんな同じ女だったのかもしれない。

アイツ　……。

わたし　いや、きっと同じ女だよ。

アイツ　……。

わたし　お袋はオレが心から好きだった最初の女だからな。

アイツ　……。

わたし　それと共通点がもうひとつ。

アイツ　……。

わたし　いつもみんな女にリードされてる。ハハ。

アイツ　……。
わたし　お前、さっきオレにこう言ったよな。
アイツ　何よ。
わたし　「お前はまだ本当の愛を知らないんだと思う」
アイツ　（うなずく）
わたし　きっとそうなんだと思う。
アイツ　……。
わたし　知らないんだ、まだ。
アイツ　……。
わたし　それがいつわかるのか――今のオレにはとてもわからない。
アイツ　……。
わたし　たぶん――たぶんオレが死ぬ時にならないとわかんないんだと思うけど。
アイツ　……。
わたし　さっき言った通り、有名な賞を取ったんだ、オレの論文、電子工学の。タイトルは「二重スリットの電子の通過に関する考察」――。
アイツ　……。
わたし　だからしばらく海外へ研修に行く。
アイツ　へえ。
わたし　和代さんとも日本ともしばらくサヨナラだ。
アイツ　……。
わたし　しばらくは女じゃなくて、研究に打ち込もうと思ってる。

アイツ　……。
わたし　だからお前の出番も余りないと思う。
アイツ　……。
わたし　だから納得してくれよ。
アイツ　……。
わたし　その顔は納得できないって顔か？
アイツ　ううん、違うわ。
わたし　じゃあ何だ。
アイツ　あなたがそう思うなら仕方ない。頑張って海外でお仕事してきて。
わたし　……。
アイツ　あたし、いつも応援してるから。
わたし　そりゃありがとう。

アイツ、手を差し出す。
わたし、アイツと握手する。

アイツ　そうよね。今まで、あたし、あなたの事情も考えずにしゃしゃり出すぎたのよね、きっと。ごめんなさい。
わたし　いいよ、そんな。
アイツ　でも二度と会えないってわけじゃないもんね。
わたし　ああ。また会う時があると思う、きっと。

アイツ　ハハ。（と可愛く笑う）
わたし　全然可愛くないけどな。
アイツ　ハハハハ。
わたし　ハハハハハ。

と笑うわたしとアイツ。

わたし　たぶん一生付き合っていくよ、お前とは。
アイツ　よろしくお願いします。
わたし　いや、こちらこそよろしくお願いします。

と正座して挨拶し合うわたしとアイツ。

アイツ　ハハハハ。
わたし　ハハハハ。まあ、オレの気が変わらなければの話だけどな。
アイツ　どういう意味、それ？

わたし、「切断」のゼスチャーをする。

アイツ　それだけは勘弁してちょうだいッ。
わたし　ハハハハハ。冗談だよ。

アイツ　……。
わたし　そんな顔するな。オレとお前の旅はずっと続くんだ。
アイツ　そうねッ。
わたし　これちょっといい？

と煙突の被り物をつけてみるわたし。

アイツ　ハハハハ。
わたし　何だよ。
アイツ　似合う。
わたし　そう？　ポーッ！　シュッシュッポッポッシュッシュッポッポッ！

と機関車の真似をしてアイツの周りを回るわたし。

アイツ　やめなさいよ、もう。
わたし　オレが行く海外ってスウェーデンなんだけど。
アイツ　ええ。
わたし　スウェーデンって自由だよな、日本なんかよりずっと。
アイツ　ええ。……え？

わたし、ニッコリと笑う。

そして、『暴走機関車』のＤＶＤをアイツに手渡す。

アイツ　え？

わたし　ポーッ！　シュッシュッポッポッシュッシュッポッポッ！

と機関車の真似をしてその場を走り去るわたし。

アイツ　ちょっとそれどういう意味よッ。

とそれを追いかけるアイツ。

エピローグ

と音楽!
曲は「エロティカ・セブン」(サザンオールスターズ)——。
とわたしとアイツがマイクを持って出てくる。
歌を歌うわたしとアイツ。
そこにパーティー・ドレス姿の女も加わる。
歌い踊る三人。
アイツ、女を紹介する。

女 (お辞儀)
わたし、アイツを紹介する。

アイツ (お辞儀)
アイツ、わたしを紹介する。

わたし　（お辞儀）

　　一列に並ぶ出演者たち。

アイツ　本日はどうも――。
三人　ありがとうございましたッ。

　　一礼してその場を去る人々。
　　舞台隅にある母親の写真立てと父親の骨箱。
　　と暗くなる。

あとがき

本書に収録された二つの戯曲は別々の座組のために書かれたものである。

『モナリザの左目』は、Ｎａｎａ Ｐｒｏｄｕｃｅの公演として上演されたもの。公演当時は『知らない彼女』というタイトルだったが、本書に収録するに当たってタイトルをこのように変えた。Ｎａｎａ Ｐｒｏｄｕｃｅは、女優の田崎那奈さんをプロデューサーとする演劇のユニットで、これが四回目の公演になる。わたしは初めての参加だったが、那奈さんの要望が「コメディではなくサスペンスを」ということだったので、こういう内容のものになった。笑いを封印して執筆に取り掛かったものの、こんなシリアスな内容の芝居が果たしてお客様に楽しんでもらえるのかどうかとても不安だった。しかし、蓋を開けてみると、公演はとても好評でホッとした。もちろん、役に熱心に取り組んでくれた役者さんたちの力も大きいのだが、観客は固唾を飲んで事件の展開を見守ってくれたと思う。笑いはなくとも面白いものは作れるのだと再認識した公演だった。

また、この芝居の法律監修をやってくれた弁護士の平岩利文さんとわたしの対談を採録した。この対談は劇場で販売した公演パンフレットに掲載したものである。

『わたしとアイツの奇妙な旅』はＷｉｔの四回目の公演として上演されたもの。「高橋いさをの書き下ろしによるちょっとエッチなセックス・コメディ」と銘打って、今までほとんど書いたことのなかった「下ネタ」を主軸にした内容のものだ。これも、女性客の反応が懸念されたが、蓋を開けてみると女性のお客様も大笑いしてくれて、大成功の公演だった。「一人の男性の性にまつわる過去と現在を彼自身の男性器との対話を通して描く」というこの芝居の大枠は、ずいぶん前から構想していたものだとは言え、執筆はわずかに三日間だった。楽屋話をすると、『モナリザの左目』を書き上げた翌日にこの芝居に取り掛かり、あっという間に完成したホンだが、たぶん『モナリザの左目』のシリアスさの反動として思い切り馬鹿馬鹿しいものを書きたかったのだと思う。

　二つの戯曲を読み比べてみるとよくわかるが、これが同じ作者の書いたものなのかと思うほど、両者の世界は違うように思える。当初は、余りに毛色が違うので二つの作品を一冊の本にまとめるのも少し躊躇したくらいだ。しかし、わたしのなかにもシリアスなものを好む部分と馬鹿馬鹿しいものを好む部分とがあり、それがこのような形で二つの作品になったのだと考え、このような形で一つの戯曲集にすることにした。

　出版に当たっては、毎度のことながら論創社の森下紀夫さんと装丁の栗原裕孝さんのお世話になった。いつもありがとうございます。そして、この本を手にとってくれたあなたにも最大の感謝を。これでわたしの戯曲集は十四冊になった。

二〇一二年十月

高橋いさを

［上演記録］

『モナリザの左目』（『知らない彼女』改題）

■日時／二〇一一年五月二十五日～三十一日

■場所／下北沢GekiLiberty（全十一ステージ）

■日時／二〇一一年六月三日～五日

■場所／大阪ロクソドンタ ブラック（全五ステージ）

［スタッフ］

○作・演出／高橋いさを（劇団ショーマ）

○音響／平田忠範（GENG27）

○照明／青木大輔 ㈱アスティック）

○美術／加藤ちか

○舞台監督／金安凌平

○宣伝美術／佐野幸人

○票券／高田香

○写真／角田敦史

○演出助手／田中征爾・皆川暢二

○小道具／高津装飾美術

○法律監修／平岩利文（ネクスト法律事務所）・菊間千乃・宮島朝子

○協賛／明治乳業株式会社

○企画・製作／NanaProduce

［出演］
○佐野孝一郎／岡安泰樹
○めぐみ／田崎那奈
○西沢卓也／浜谷康幸（ＲＩＳＵ ＰＲＯＤＵＣＥ）
○西沢誠／南部哲也
○谷村／重松隆志
○平田／児島功一（劇団ショーマ）
○滝島／上瀧昇一郎（空晴）
○声（検察官）／古川康大

＊ロクソドンタ・フェスティバル２０１１グランプリ受賞

『わたしとアイツの奇妙な旅』
■日時／二〇一一年七月六日〜十日
■場所／新宿サンモールスタジオ（全八ステージ）
［スタッフ］
○作・演出／高橋いさを（劇団ショーマ）
○照明／長澤宏朗
○音響／佐久間修一
○振付／ｍｉｙｕ

○舞台美術／米野直樹（米野組）
○宣伝美術／内田真里苗
○演出助手／渡辺孝康
○舞台監督／鎌田有恒
○プロデューサー／佐山泰三
○制作／サンモールスタジオ
○企画・製作／Ｗｉｔ
〔出演〕
○わたし／いしだ壱成
○アイツ／ＩＫＫＡＮ
○女／石川亜季

〔写真撮影〕角田敦史（「モナリザの左目」）／原敬介（「わたしとアイツの奇妙な旅」）

高橋いさを（たかはし・いさを）
劇作家・演出家。
1961年、東京生まれ。「劇団ショーマ」主宰。著書『ある日、ぼくらは夢の中で出会う』『バンク・バン・レッスン』『極楽トンボの終わらない明日』『八月のシャハラザード』『真夜中のファイル』『父との夏』『I-note ～演技と劇作の実践ノート』『映画が教えてくれた』『ステージ・ストラック～舞台劇の映画館』（以上、論創社刊）など。

上演に関するお問い合わせ：
劇団ショーマ事務所　㈲ノースウェット
HP. http://www.interq.or.jp / kanto / fumi / showma / index. html
E-mail : pleinsoleil8404@jcom.home.ne.jp（PC）

モナリザの左目

2013年2月20日　初版第1刷印刷
2013年2月25日　初版第1刷発行

著　者　高橋いさを
発行者　森下紀夫
発行所　論　創　社
東京都千代田区神田神保町2-23　北井ビル
tel. 03（3264）5254　fax. 03（3264）5232　web. http://www.ronso.co.jp/
振替口座　00160-1-155266
装幀／栗原裕孝
印刷・製本／中央精版印刷　組版／フレックスアート
ISBN978-4-8460-1212-0　